GOBOOKS
& SITAK
GROUP©

GOBOOKS
& SITAK
GROUP©

三日月書版

三日月書版

冰島小狐仙
Illust.高橋麵
外星警部
入侵注意
輕世代
FW302
三日月書版

ALIEN INVASION ALERT!
外星警部入侵注意

CONTENTS

CHARACTER
IDOL
>>> 葉雨宸
PROFILE
以難得一見的超優質外貌與歌聲
飛快走紅的新生代男神。
平時表現得像花花公子，實際上
卻純情又孩子氣。
Yu-Chen Ye
MUSIC
SINGING

>>> 洛倫佐·金·哈克·蘇迪

PROFILE

宇宙警部第一王牌，因某起事件被「調任」至科技落後的偏遠星球，化名「蘇迪」擔任葉雨宸的助理。氣勢冷硬、不苟言笑，卻十分照顧人。

ALIEN INVASION ALERT! 外星警部入侵注意

>>>CHAPTER.1

「《天使之淚》的劇本已經做了修改，不再走瑪麗蘇劇情了，雨宸，張導演這次真的非常有誠意，你就答應了吧。」

「是啊，雨宸，張導演和我們公司合作這麼多年，這點面子總是要給他的嘛。」

「就是嘛，都特地修改劇本了，雨宸你就不要再推脫了。我們都知道你不喜歡演偶像劇，但轉型也不是一蹴而就的嘛，也要考慮粉絲的心情啦。」

「對對對，還有粉絲的心情呢。臉書上《天使之淚》續集可能換男主角的消息一放出來，立刻有大量影迷留言表示不能接受，他們心裡的男主角只有你啦。」

「就是嘛，如果不是粉絲反應這麼激烈，張導演也不至於來求我們了。」

「雨宸啊，我們可以諒解你想轉型的心情，但合適的劇本也不是那麼容易找的嘛，陸韓的下一部電影起碼要一年後才會出劇本，這段時間你總不會什麼都不演吧？」

「是啊，雖然也有其他導演來接洽，但目前都還在策劃階段，連一個劇本都還沒寫好嘛。」

星光影視公司的會議室中，與會眾人七嘴八舌地展開勸說，目標一致，正是坐在會議桌角落，苦著臉，從表情來看壓根不想參與會議內容的男人。

葉雨宸，二十四歲，星光影視公司的當家明星，擁有一張帥到沒天理的臉，超過一八〇的完美身材，再加上一雙可陽光可憂鬱還可以隨時隨地放電的迷人電眼，使他成為男女通吃，老少皆宜的超人氣偶像。

因為良好的外在條件，他一直是偶像劇導演眼中的搖錢樹，自出道以來演過的偶像劇多到數不清，但也正因為總是被限定在青春偶像的位置上，讓他對這類型的劇本產生了厭煩的感覺。

尤其是，在他挑戰了以拍攝硬漢電影聞名圈內的陸韓導演的作品並且大獲成功後，現在再想叫他演偶像劇，簡直就像要他的命一樣。

此刻，面對「圍攻」，葉雨宸雖然沒有提出異議，但低著頭不斷玩手機的舉動，已經表明了他確實對這部電視劇完全不感興趣。

經紀人陳樂的額頭滑落了一滴冷汗，他努力揚起燦爛的笑容，轉頭看向就坐在葉雨宸身邊，從會議開始就一言不發，甚至連冷峻的表情都沒有絲毫變化的男人——葉雨宸的貼身助理，蘇迪。

「那個，蘇迪，雨宸現在最相信你的判斷了，不如你來告訴他，修改後的劇本到底是不是適合他演？」陳樂一邊說著，一邊拚命眨著眼睛，企圖和蘇迪達成某種程度上的共識。

樣貌英俊、人高馬大，本應該可以輕鬆成為和葉雨宸一樣的超人氣偶像，卻對演藝圈完全不感興趣，表示只想做好助理工作的男人——蘇迪，聽到陳樂的話後緩緩轉過視線看向他，隨後挑起一邊眉毛，淡淡開口：「真的要我來說嗎？」

陳樂額頭滑落了第二滴冷汗，那使他嘴角的笑容瞬間變得僵硬起來，在和其他同事們對視了一眼後，他吞了吞口水，語調乾澀地說：「蘇迪，公司也同樣相信你的判斷。」

葉雨宸因為這句話終於抬起了頭，他勾起了嘴角，露出了一抹開心的笑容，然後大大方方地轉頭看向蘇迪，雙眉高高揚起，眼神中透露出激動和迫切，似乎在說：快點快點，快告訴他們這種腦殘劇根本就不適合我演！

接收到搭檔無聲信號的蘇迪無奈地聳了聳肩，性感的薄唇微啟：「那麼，我認為……」

話頭剛起，幾不可聞的「嘀嘀」聲忽然傳入耳中，隨即，隱藏在西裝袖口下的手腕上傳來輕微的震動。而與此同時，葉雨宸也轉眼瞄向了自己的手腕，臉上露出了明顯的驚訝表情。

蘇迪迅速和葉雨宸對視一眼，不動聲色地按了按西裝上的袖扣，繼續開口道：「我認為修改後的劇本很不錯，雨宸完全可以演好這部續集。」

「蘇迪，你在說什麼！」在陳樂等人目瞪口呆的表情中，葉雨宸率先撐著桌子跳起來，大聲朝自家助理吼了出來。

蘇迪在他不可思議的目光下站起身，抬手按住他的肩膀，語氣鎮定地繼續道：「就這麼決定了，雨宸會出演的，我們可以先走了嗎？」

「啊，就這麼決定了是嗎？那太好了，蘇迪你真是幫大忙了，你們還有事是嗎？那你們先走吧，剩下的細節我們會和張導演商量的。」

陳樂完全無視自家大明星抗議的反應，笑容滿面地對蘇迪說完，甚至親自走到會議室的門邊，幫他們拉開了大門。

蘇迪沉穩地點了點頭，隨後攬著葉雨宸的肩膀，捂住他的嘴不讓他說出抗議的話，直接把人帶出了會議室。

「你在搞什麼！你明知道我一點都不想演這部腦殘劇！」到了走廊上，嘴巴一得到自由，大明星立刻炸毛起來。

蘇迪繼續攬著他往樓梯間走，同時淡定地開口：「如果不接下這份工作，你覺得我們能立刻從會議室離開嗎？」

說完，沒有給葉雨宸反應的時間，他按下耳中戴著的隱形耳麥，低聲道：「Alex，我和雨宸要去指揮部，妳先自己回去。」

親切悅耳的女聲立刻回話：「好的，中校，我知道了。」

聽到 Alex 的回答，葉雨宸眨了眨眼睛，轉頭朝左右看了眼，確定走廊上沒有人，這才低聲問：「原來剛才能量環震動是安卡在找我們？」

蘇迪點了點頭，拉開樓梯間的門和葉雨宸一起閃進去，隨後從口袋裡摸出傳送戒指，按下上面的藍寶石，一道虛空傳送門立刻出現在兩人眼前。

他邁開長腿踏入傳送門，同時開口：「不僅是找我們，那是全體集合的訊號。」

「咦？全體集合？唔，是有什麼很重要的事情嗎？」葉雨宸納悶地自言自語起來，似乎已經完全忘了蘇迪幫他接了他最討厭的劇本這件事。

跨入虛空傳送門後，眼前閃過一陣光影，隨即，宇宙警部地球指揮部整潔的辦公室就出現在眼前。

「啊，雨宸哥，洛倫佐前輩，你們來了。」恰好起身從辦公室走出來的銀髮少年佩里一見到兩人，立刻熱情地打起招呼。

蘇迪微微點了點頭當作回應，葉雨宸則快步跑到佩里身邊，湊到他耳邊悄聲問：「聽蘇迪說是全體集合？什麼事這麼隆重？」

天才少年聳了聳肩。「我也不知道呢，應該還是和死亡軍團有關吧，畢竟薩魯已經提交了詳細報告，算算時間總部也應該有回應了。」

這句話剛說完，部長辦公室的門被人從裡面打開，接著，一身白袍的安卡和身著黑色軍裝的薩魯一起走了出來。大廳裡，所有人陸陸續續集中了起來，全都嚴肅地看著安卡，等待她發話。

安卡豔麗的臉上帶著一貫溫和的笑容，她的目光巡視過在場的每一個人後，定在了地球分部最為年長的克魯斯中校的臉上，直視著他的雙眼開口：「克魯斯中校，一週後我將前往總部，屆時，請你擔任地球指揮部的代理部長，直到我回來為止。」

對於這個臨時任命，克魯斯中校略顯滄桑的面容上浮起一絲驚訝，儘管他在地球上待的時間最長也最有經驗，但他主要負責的是科學研究和後勤，即便安卡要離開，委任的代理部長也不應該是他才對。

果然，不僅是他，其他人也都露出了不解的表情，安卡在接收到大家疑惑的視線後再度開口：「死亡軍團即將入侵銀河系的事引起了總部和星球安全局的高度重視。而根據之前阿爾法星差點被投入致命病毒這件事來看，繼續坐以待斃，我們很可能迎來無法面對的結局。因此，總部決定和星球安全局聯手，主動出擊，勢必要阻止死亡軍團的入侵。」

「所以……」佩里似乎明白了些什麼，喃喃地說：「不僅是上校妳被召回總部，還有很多人也要一起回去？」

「是的，」安卡鄭重地點頭，「所有戰鬥部門成員都被召回，另外佩里你和雨宸也要隨行，我們……」

「咦咦咦？我、我也要去？」安卡話音未落，葉雨宸已經驚呼起來，他瞪圓了眼睛，完美的俊臉上寫滿驚訝，以及一絲難以掩藏的興奮。

薩魯察覺到他的情緒，皮笑肉不笑地勾了勾嘴角，眯起眼睛說：「那當然，畢竟雨宸上次在阿爾法星已經充分展現了你的能力，這麼強大的超聲波不利用在戰鬥中豈不可惜了？」

一下子就聽出他言語中的諷刺，葉雨宸頓時一陣心虛，暗暗吐了吐舌，直接往佩里身後躲。儘管，由於兩人巨大的身高差異，佩里根本就擋不住他。

不久前在阿爾法星發生的事，雖然星皇已經最大限度地幫他們掩飾，薩魯最初也並沒有懷疑他們，但後來經過對一些細節的推敲，薩魯恐怕已經猜到他們並不是真的被挾持成了人質。

所以，對星皇恨之入骨的薩魯在察覺到真相後會有多生氣，葉雨宸完全可以想像。甚至可以說，他現在還能平安健全地站在地球指揮部裡，就已經該謝天謝地了。

這種時候，同樣作為當事人的蘇迪就顯得十分老練了，他完全無視薩魯的話，甚至連視線都沒有送過去一瞥，而是直接面向安卡問：「所有人一週後出發？」

聽到他這句話，大廳側面的日光燈管直接爆炸了一根，眾警部儘管不明真相，也全都額冒冷汗，小心翼翼地朝薩魯看了一眼後，悄悄後退了一步。

安卡抬手按住薩魯的肩膀，示意他不要衝動，嘆道：「是的，屆時會有前往尤塔星的運輸船經過地球。」

蘇迪聞言點了點頭，轉頭看向葉雨宸，面無表情地開口：「那麼，來進行宇宙的適應性特訓吧。」

「宇宙的適應性特訓？有這種東西嗎？」葉雨宸眨著眼睛，一臉茫然。

佩里轉頭看向他，語氣認真地說：「當然有啊，雨宸哥，要知道你可是第一次正式前往宇宙，而且可能要參與戰鬥呢，這可不是鬧著玩兒的。」

「呃，什麼叫正式前往宇宙？那和在幽靈號上有什麼區別？至於戰鬥什麼的，我頂多只能做點輔助工作吧？又不可能讓我去駕駛戰鬥機？」

葉雨宸頂著一腦袋問號，忍不住丟出一連串的問題，他甚至沒有意識到此時此刻提起幽靈號有多麼的不合適。

果然，薩魯的額頭瞬間跳出了一道十字青筋，少年垂在身側的手握成了拳，上面甚至也浮起了幾根青筋。

安卡按著他肩膀的手不由自主用力，看著那邊的好奇寶寶說：「雨宸，必要的適應性訓練是要做的，這次不僅僅是待在艦船上，你還要踏上尤塔星的地表。那裡的空氣和重力都和地球有很大的差距，老實說，我很懷疑僅有一週的時間，你是不是能夠完成所有的訓練。」

「雨宸哥一定沒問題的，」佩里嘻嘻笑了起來，朝著身後的人眨眼道：「如果他的適應能力和顏值成正比的話。」

聽出他言語中的揶揄含義，葉雨宸瞪了他一眼，直接抬手揉亂他的一頭銀髮，咧嘴說：「哼，這就不用佩里你來擔心了，我可是從小到大一直被誇適應力 MAX 的男人！小小的宇宙適應性訓練而已，我一定會完成給你們看的！」

說完這句話，他轉頭看向蘇迪，眉梢一抬，露出一個挑釁的表情，那模樣彷彿在說：哼，你有什麼招式，就儘管放馬過來吧！

看著他這樣生動的表情，蘇迪原本平直的嘴角微微上揚，竟然浮起一抹微笑。而這個微笑無疑就像橫空出世的炸彈，頓時把滿大廳裡的警部炸得目瞪口呆。

雖然神槍洛倫佐來地球分部的時間還不長，可誰不知道這位大名鼎鼎的金牌警部，自從斯科皮斯星事件後就變成了一座生人熟人皆勿近的冰山？即便是在安卡上校面前，也從來沒見他露出過任何不一樣的表情。

可現在，這個他們一度認為面部神經已經癱瘓的男人，居然對著葉少尉露出了笑容？

竊竊的私語聲在人群中響了起來，此時此刻，地球指揮部的警部們心中全都冒出了一個相同的想法：葉少尉真不愧是地球上男女通吃的大明星，就連洛倫佐中校都無法逃過他的魅力呢！

天知道，此刻葉雨宸的額頭已經忍不住冒出冷汗了。蘇迪的這個笑容對他來說可不是什麼陌生的表情，他很確定，每次蘇迪露出這個表情，就絕對沒有什麼好事情！

「蘇迪，你……」內心極度不安的大明星笑容瞬間扭曲，然而，他才剛開口，那邊蘇迪已經邁開長腿，兩步來到他面前，拉著他的手臂轉身朝電梯間走去。

葉雨宸只覺得手臂上傳來一股強大的力量，整個人不容分說地就被拉走了。

「佩里，」走出三步後，蘇迪停下，回頭補充道：「雨宸這幾天就不回去了，公司那邊你做好安排。」

葉雨宸不得不承認，蘇迪的這句話讓他產生了汗顏的感覺。因為就在之前的這幾分鐘裡，他已經把在地球的本職完全拋到了腦後，完全沒想起來他還有擔任偶像明星的工作。

「放心交給我吧。」天才少年被點名，臉上立刻浮現興奮的表情，右手比了個V，嘴角更是直接咧到了耳根。這可是洛倫佐前輩親自交代他的任務，他一定會圓滿完成的！

「哼！」存在強烈反差的，是面無表情的薩魯發出的冷哼聲，他暗暗朝葉雨宸和佩里瞪了一眼，轉身離開了大廳。

目送著他的背影，安卡無奈地搖了搖頭，朗聲道：「大家都去做準備吧，一週後我們出發去尤塔星。」

在人群散開的同時，葉雨宸被蘇迪拉進了打開的電梯門，進門後，蘇迪按下了一百樓的電梯按鍵。

「咦？一百樓？那裡不是娛樂室嗎？」葉雨宸記得他剛剛加入宇宙警部的時候，佩里曾經帶他參觀過地球指揮部，一百樓裡有個超大的娛樂室，裡面幾乎涵蓋了所有的遊樂設施，有些是地球上就有的，有些則是他從沒見過的。

據佩里說，別看大家平時的工作並不繁忙，可離開母星的外星人內心都會有不同程度的焦慮，所以娛樂減壓是必不可少的放鬆項目，這也是為什麼娛樂室會那麼大，甚至占用了一整層樓的原因。

說實話，葉雨宸對裡面的一些娛樂項目還挺有興趣的，只可惜他的工作太忙了，到現在為止都還沒機會好好去娛樂室玩一玩。

面對他的疑惑，蘇迪淡淡地說：「不錯，地球指揮部沒有專門的宇宙適應性訓練系統，所以我們用娛樂室的某些裝置做練習。」

「原來如此。」葉雨宸恍然大悟地點了點頭，地球畢竟是銀河系中發展較為落後的星球，所有的宇宙警部都是從別的星球派過來的，所以這裡並沒有必要建造訓練系統。

在他思索的這幾秒，蘇迪已經帶著他走到了一個巨大的、看起來像是彈跳床的裝置前。這座彈跳床直徑大約有六公尺，中心的床面是銀色的，周圍有一圈黑色的防護墊和直立的保護網，頂部是封閉式的，周邊有一圈燈泡，裡面則裝了很厚的防護墊。

蘇迪走到側面，就在彈跳床的側邊有一座控制臺，他嫻熟地在控制臺上按了幾個按鈕，彈跳床頂部立刻亮起了燈光，與此同時，一個類似摩托車頭盔的東西從頂部緩緩降了下來。

完成操作後，他拉開了保護網上的門，對葉雨宸說：「到裡面去，戴上模擬頭盔。」

「唔，我覺得……你是不是至少應該告訴我，這個彈跳床是訓練什麼的？」看著頭頂那層厚厚的防護墊，葉雨宸覺得很沒有安全感，尤其是，在缺乏說明的情況下。

彈跳床……蘇迪在聽到這個名詞時嘴角微微抽搐了一下，好吧，他想起來地球人好像確實是有這麼一項發明，而且還列入了奧運會項目，是一種競技體育。

「這是星球環境模擬器。」沉默了幾秒鐘後，蘇迪決定還是給葉雨宸做一點簡單說明。畢竟萬一以後有人問起來他們做了些什麼訓練，這傢伙回答彈跳床的話，感覺是一件很丟臉的事情。

「星球環境模擬器，是可以模擬各個星球上的重力空氣環境的儀器嗎？」

「不錯，銀河系所有星球的資料裡面都有。」

「聽起來很有趣的樣子呢，那我來試試吧，需要脫掉鞋子嗎？」

「不需要。」

瞭解到想知道的情況後，葉雨宸的情緒瞬間熱情高漲起來，他翻上模擬器邊緣的護墊，做了個深呼吸，這才小心翼翼地踩上了彈力床。

然而，預想中的下陷完全沒有出現，明明看起來是一張彈力床的部分，踩上去卻像平地一樣，他驚訝地「咦」了一聲，腳下用力踩了踩，銀色的網面卻還是沒有絲毫變化。

「你在幹什麼？」蘇迪看到他的舉動，面無表情地問道。

葉雨宸一臉納悶，眨著眼睛反問：「為什麼沒有彈性？」

蘇迪沉默地關上了模擬器的門，隨後用看白痴的表情說：「大概因為這是模擬器，而不是彈跳床。」

一句話說得葉雨宸淚流滿面，他捂了捂臉，再也不敢隨便開口，幾步跑到彈跳床中央，戴上了模擬頭盔。

頭盔內部一片漆黑，暫時沒有任何影像，但是很快，星星點點的光在視野中暈開，化作了一座城市的影像。

那是一座看起來十分具有科技感的城市，造型奇特的建築高聳入雲，一艘艘式樣新奇的飛艇在建築間忙碌穿行，無數類似於天橋的軌道鋪陳在整座城市中，有速度極快的列車在軌道上飛一般駛過。

隨著視角的變化，葉雨宸看到自己逐漸接近地面，很快，腳下傳來一陣輕微的震動感，接著，蘇迪的聲音從遠處傳來：「現在你已經降落在尤塔星，試著往前走一步。」

「往前走一步嗎？好的。」葉雨宸應著話，很自然地邁開長腿，如往常一樣，往前走了一步。

然而，下一秒，他只覺得整個人彷彿受到一股向上的衝力，身體猛然彈了起來！

大腦一瞬間當機，他還沒反應過來發生了什麼，腦袋已經「砰」一聲撞到了模擬器的頂部。儘管那裡裝了厚厚一層保護墊，但在毫無防備的情況下這樣撞上去，葉雨宸還是覺得自己的脖子快要斷了。

「嗷——」重重摔回地面的大明星抱著脖子哀嚎起來，而原本在頭盔內看到的影像在他撞到保護墊的瞬間就徹底消失了。

蘇迪毫無波瀾的聲音這時從頭盔外傳來：「尤塔星的星球重力只有地球的二十分之一，你需要注意控制腳下的力量。」

「什麼叫控制腳下的力量？」葉雨宸崩潰地爬起身，十分怨念地摘下了頭盔，咬著牙開始揉他撞痛的脖子。

兩手抱胸以悠閒姿態斜倚在模擬器外側保護網邊的蘇迪微微勾起了嘴角，儘管他的笑容十分完美，保證讓人看起來賞心悅目，但對此刻的葉雨宸來說，他只能聯想到一個詞彙，那就是——惡魔的笑容！

果然，在勾起嘴角後，蘇迪性感的薄唇微啟，涼涼地吐出了四個字：「自己體會。」

「啊啊啊啊——可惡啊，蘇迪你這個混蛋！！！」

可以想像，我們的大明星在聽到那句話時有多抓狂，他一仰頭張口就放聲大喊起來，企圖用超聲波的威力回報蘇迪，然而，保護網邊的男人始終嘴角含笑，根本完全不受影響。

注意到這一點的葉雨宸瞪圓了眼睛，咬著牙問：「你今天又戴了隔離耳機嗎？」

蘇迪直接伸手掏了掏耳朵，表示自己根本沒有戴隔離耳機，然後在葉雨宸不解的眼神下淡定地說：「你現在可是在尤塔星上，整個銀河系對星際能量防範最嚴密的星球。」

言下之意，你這點星際能量，在這個模擬器中根本無法發揮。

葉雨宸的額頭上立刻跳出一道十字青筋，他咬緊了牙關，想發作，可惜星際能量受限，他這點發洩的動作，在蘇迪眼中八成幼稚得跟小孩沒兩樣。

模擬器外怡然自得的男人並不著急，也沒有催促他重新嘗試的意思，而且，似乎是嫌斜倚不夠舒服，他甚至換了個更悠閒的姿態。

葉雨宸看著他，只覺得滿腔的鬱悶像是打在棉花糖上的拳頭，根本無法施力，最終只能憋在自己心裡。想起自從認識這個男人以來，這樣的狀況已經不是頭一次發生，他就更覺得鬱悶。

可哪怕負面情緒已經溢滿胸腔，蘇迪的態度很明確，他也知道，如果要和這個男人大眼瞪小眼的話，他絕對是輸的那一方，既然如此，那還是不要白費力氣比較好嘛。

想到這裡，大明星站起身，兩手舉起又緩緩放下，做了個標準的深呼吸姿勢，這才朝蘇迪翻了個白眼，大聲說：「再來！」

蘇迪朝他手裡的頭盔指了指，一副悉聽尊便的樣子，那模樣，簡直就是專門要氣他似的。好在葉雨宸已經調整好了心態，他只是暗暗瞪了蘇迪一眼，就重新神態自若地戴上了頭盔。

影像很快就重新出現了，和剛才一模一樣的尤塔星在眼前緩緩展開，即便是第二次觀看，令人驚嘆的高科技城市景象仍然令人目瞪口呆。

飛船緩緩著陸，隨著一陣輕微的震動，葉雨宸知道他的練習要開始了。

蘇迪這次沒有給他任何提示，耳邊一片靜謐，如果不是視野中還有飛船在遠處緩緩飛行，幾乎會讓人產生時間靜止了的錯覺。

老實說，關於星球引力和重力的概念，葉雨宸依稀記得國中的物理課有教過，但這麼多年過去了，他那點可憐的知識早就還給物理老師了。

所以蘇迪叫他自己體會，他是真的沒什麼可體會的，只隱約覺得，既然尤塔星的重力沒有地球強，那麼就應該放輕腳步走路。可到底要放輕多少呢？二十分之一的差距是算很大，還是很小呢？

頂著一腦袋問號，葉雨宸小心翼翼地邁出了右腳，與此同時，他的腦海中突然浮起了一個塵封已久，曾經一度被他遺忘的畫面。

那是他小學時候的事了，有一次爸爸一個人帶他去海邊玩，玩到很晚，太陽都下山了也沒有說要回家，在印象裡，那是很少見的事。

後來天實在太黑了，他連海灘上的貝殼都看不見了，就跟爸爸說想回家。可爸爸笑著摸了摸他的頭，對他說我們再等一下，就一下下。

他當時懵懵懂懂，不明白爸爸在等什麼。他只記得，爸爸當時坐在海灘上，仰頭看著天空，那目光異常柔和，還帶著一絲灼熱的期盼。

後來天空中降下一道光，藍紫色的，像極光一樣美麗，那光落在海面上，鋪開好大一片，爸爸的眼神變得很興奮，站起身，直接踩到了光上。

那層光很神奇，不會消失，也不會被穿透，爸爸站在鋪著光的海面上，如履平地。

然後爸爸朝他伸出手，用異常溫柔的語調說：「來，小宸，上來。不要害怕，我會保護你，來，用心感受它的能量，和它融合在一起。」

記憶裡，小小的他在那層光上摔倒了無數次，明明對爸爸來說像平地一樣的光面，對他來說卻變化萬千，怎麼都捉摸不透。可最終，經過不知道多少次的努力後，他也站穩了，和爸爸站得一樣穩。

「小宸，你真棒。」依稀還記得那晚父親激動的言語和熱切的笑臉，想起這一幕時，葉雨宸覺得自己的眼圈有點發熱，那種熱度從雙眼向外蔓延，漸漸傳遍了全身。

他邁開了腳步，和那晚一樣，他小心翼翼地伸出腿，在落下腳步的瞬間，他閉起了眼睛。身體彷彿能感受到某種看不見的力量，那股力量包圍著他，牽引著他，讓他的身體變得很輕，輕到他幾乎感覺不到腳的重量。

模擬器外的蘇迪微微睜大了眼睛，驚訝地看著葉雨宸順利地走出了第一步，然後是第二步，第三步，明明幾分鐘前還被模擬器輕鬆彈飛的人，現在卻像走上了平地。

能夠在很短的時間內就適應星球模擬器的人並不是不存在，蘇迪自己、薩魯、奧密爾頓，這些在銀河系中鼎鼎有名的大人物都做得到。可就算是他們，也沒人像葉雨宸適應得這麼快，在第二次就直接走出了穩定的步伐。

驚訝使蘇迪在接下來的幾秒內都沒能發出聲音，而這直接導致了某個後果——因無人提醒而不斷往前邁步的葉雨宸，重重撞上了模擬器的外層防護網。

「砰」一聲，看起來呈網狀，應該十分柔軟的防護網上居然傳來一聲硬物相撞的重響，接著，只聽一陣「劈裡啪啦」的輕響，葉雨宸渾身劇烈抽搐了幾秒鐘，頭盔直接冒出一陣黑煙，他整個人軟軟倒了下去。

模擬器外的蘇迪被聲音驚醒，抬眼正看到葉雨宸倒下的身影，雙眸驟然睜大，緊接著人就消失在了原地。下一刻，他出現在防護網邊，伸手抱住了失去意識的人。

ALIEN INVASION ALERT! 外星警部入侵注意

>>>CHAPTER.2

外星警部入侵注意

「嘀——嗞，嘀——嗞。」檢測室內，各種儀器發出規律的聲響，站在主觀測螢幕前的佩里正以一副完全不符合他天才之名的痴呆表情，傻愣愣地看著螢幕上不斷跳出的資料。

在觀測螢幕後方間隔五公尺處，是一個半圓形的玻璃光罩，上面正不斷有類似閃電的電流劃過。光罩裡面有一張半人高的大床，床上躺著一個人，閉著眼睛，正是之前在星球環境模擬器中失去意識的葉雨宸。

「前、前輩，這是……堪拉培星球的母系體徵吧？雨宸哥他居然是堪拉培星人的後代？可是他父親的資料並不是這樣顯示的啊。」

呆滯了很久後，佩里終於找回了自己的聲音，他低頭飛快地在操作臺上打下一串指令，隨後螢幕上跳出了一份完整的人事資料。

盧克葉欽．塔拉什．奧德曼，阿爾法星人，五十歲，宇宙警部總指揮部科研三組負責人。宇宙曆八一〇二年至八一一二年曾因偷渡及盜竊罪被通緝，於宇宙曆八一一二年自首，並因在科研方面具有獨特的才能被宇宙警部總指揮部招募。

看完螢幕上的資料，佩里摸了摸下巴，低聲嘀咕起來：「到底是怎麼樣的特殊才能會讓一個通緝犯被總部破格錄取？而且這位組長上任後至今有什麼研究成果，總部也完全沒有公布過呢。」

一直站在佩里身邊，冷靜地看著觀測螢幕，從頭到尾甚至連眉毛都沒有皺一下的蘇迪，沉思了片刻後淡淡開口：「堪拉培是第一個被死亡軍團毀滅的星球，為的就是堪拉培星人獨特的星際能力。」

「唔，確實有這樣的傳說，但堪拉培人到底有什麼能力一直都是個謎吧？這個星球的人可是出了名的低調，我記得名人中唯一出自堪拉培星球的就只有一位吧？」

「無限未知，米希娜。」

相較於佩里的謹慎，蘇迪以確定的語氣說出了這個名字。幽靈旅團曾經的第二把交椅，全宇宙唯一能讓星皇表達敬意的人，多項能力達到

Level 7 的米希娜。

佩里下意識地嚥了嚥口水，無論在什麼時間，什麼地點，提起幽靈旅團的人總覺得是一件壓力很大的事。尤其，米希娜的死可是要歸功於宇宙警部，而星皇上次居然沒找他們報仇，實在是一件讓人費解的事。

從資料庫中調出了米希娜的資料，佩里摸著下巴說：「根據我們所知的情報，米希娜擁有數種能力，而且全部十分出眾。因為她每次露面都會展現一種新的能力，所以總部給她定了一個外號，叫無限未知，而她的能力，被統稱為『進化』，她是全宇宙唯一擁有『進化』能力的人……」

說到這裡，佩里忽然睜大了眼睛，他猛然轉頭看向蘇迪，而蘇迪也在同一時間看向了他。儘管沒有露出什麼驚訝的表情，但明顯迅速收縮的瞳孔卻暴露了蘇迪的情緒波動。

「也許……米希娜並不是唯一一個擁有『進化』能力的人。」

在和蘇迪彼此確認過眼神後，佩里僵硬地轉動脖子，用震驚的目光看向了還躺在玻璃光罩內，暫時還沒有恢復意識的男人。

蘇迪在短暫的驚訝後很快恢復了平靜，他的嘴角微微勾起，也把目光投向葉雨宸，淡淡開口：「這樣就可以解釋為什麼死亡軍團第一個就要摧毀堪拉培星，為什麼盧克葉欽會被總部特別招募，以及，雨宸不斷出現新能力的原因了。」

佩里聽著這席話，用力點了點頭，他很快在操作臺上輸入了一連串新指令，大螢幕上緊接著就跳出了一個緩緩旋轉的小行星影像。

「堪拉培星人的平均壽命只有八十歲，但他們種族本身的人數不多，出生率也在宇宙中處於較低水準。這就是為什麼他們能力強大，卻無法站在宇宙頂端的原因。行事低調，不暴露能力，這可能是他們唯一的求生方式，可即便如此，他們還是引來了死亡軍團。所以，盧克葉欽的資料顯示他是阿爾法星人，是總部為了保護他。」

看著堪拉培星球的虛擬影像，佩里緩緩說出了他的推論，毫無疑問，他的想法是合理且正確的。

轉頭，見沉默的蘇迪目光一直落在葉雨宸身上，佩里聳了聳肩，關掉了玻璃光罩中的所有檢測儀器，嘆息道：「洛倫佐前輩，總部應該也已經知道雨宸哥的情況了，所以這次的行動才會把他計入名單內，他們應該是期待他再展現新能力吧。」

從最初的超聲波開始，葉雨宸的進化確實讓人驚嘆，Level 6 的心靈感應，現在更是被蘇迪發現了新能力——融合，在他身上，到底還能挖掘出多少力量？

蘇迪聽著佩里這番話，微微皺起了眉。

之前在幽靈號上發生的事他在事後報告中並沒有一五一十地說出來，也就是說，總部還不知道星皇曾經強迫葉雨宸探知死亡軍團情報。

如果被總部知道雨宸已經探知到某些情報的話……以索羅上將的行

事風格，他恐怕要經歷一場災難了。

想到這裡，蘇迪抬手按住了佩里的肩膀，沉聲開口：「有關雨宸的新能力，暫時隱瞞下來，還有，把今天的檢查記錄抹掉。」

幾乎是在他說到「隱瞞」兩個字的時候，佩里就已經移動手指進行操作了。很快，和葉雨宸所有相關的檢查記錄全部被消除，玻璃光罩向兩側打開，緩緩露出了床上的人。

佩里毫不猶豫的動作讓蘇迪忍不住看了他一眼，雖然抹掉記錄是作為長官的蘇迪下達的命令，但如果被總部知道這一切，佩里無疑也會受到懲罰，更嚴重的情況，他們甚至會上軍事法庭。

可是，佩里似乎完全不介意，而向來以「天才」之名著稱的他，不可能想不到這些。

察覺到蘇迪的視線，佩里轉過頭，咧開嘴角露出了一個大大的笑容，比著他最近跟地球人學來的剪刀手說：「洛倫佐前輩，無論發生什麼事，我都站在你和雨宸哥這邊。」

少年燦爛的笑容和堅定的語氣讓蘇迪愣了楞，那一瞬間，他似乎想起了很久很久之前，他剛剛到斯科皮斯星的那天。

那是個燦爛的豔陽天，走下太空船的那一刻，他看到的也是銀髮少年這張明媚的笑臉，以及娜塔西亞無限溫柔的凝視。

手無意識地抬了起來，蘇迪回過神時，他的掌心已經輕輕按在了佩里的頭上。銀髮少年瞬間睜大了眼眸，不過須臾間，那雙明亮的大眼睛裡已經蓄滿了淚水，卻倔強地堅持著不願意落下。

蘇迪用力按了按他的腦袋，什麼也沒有說，邁開腳步走到檢測儀邊，抱起了依舊昏迷中的人，轉身走了出去。

檢測室的門滑開又關上，安靜下來的空間裡，佩里低下頭，滑落的劉海擋住了大半張臉，他微微勾起嘴角，眼角的淚珠再也無法負荷，沉沉地滑落下來。

洛倫佐前輩，如果我在斯科皮斯星的行為被你認為是「背叛」，那麼，從今以後，我再也不會背叛你了，哪怕要我為此付出生命，我也心甘情願。

葉雨宸在一片強烈的失重感中醒了過來，他猛然睜開眼睛，只看到眼前一片蒼茫的宇宙，大大小小的行星飄蕩在周圍，然而，他還沒看清那些行星的模樣，整個視野便天旋地轉，所有的行星都轉變成發亮的線性軌跡，再也無法捕捉。

很快，他就發現並不是他的視野在旋轉，而是他整個人在轉，他被X型安全帶固定在一個獨立的封閉式座艙裡，此刻，這個座艙正上下左右進行著三六〇度的全方位強烈旋轉！

葉雨宸覺得他快要吐了，他很想蜷縮起身體減小旋轉帶來的各種感官刺激，然而安全帶緊緊綁著他，他根本動彈不得。

他想大喊，可張開嘴，卻一個音都發不出來，聲音就像是被什麼東西封印了，成為了完全不受他操控的東西。

整整兩分鐘，對葉雨宸來說彷彿過了一個世紀，座艙停下的瞬間，他立刻用手拚命敲打旁邊的透明艙門，而在艙門打開的瞬間，他努力伸長脖子，「嘔」一聲將胃裡翻騰了許久的物體全吐了出去。

根本不知道身上的安全帶是什麼時候被解開的，喘過氣來的時候，葉雨宸面如土色，整個人趴在艙門邊緣，連動一下的力氣都沒有。

在貼近座艙門的地方，一個智慧型機器人好端端地站著，一隻手提著垃圾桶，葉雨宸剛才吐的東西一滴不漏地全部接了進去。而機器人另一隻手拿著一條毛巾，此刻正溫柔地幫大明星擦著臉。

很顯然，把他丟進座艙的人早就料到了他的後續反應，而且連應對措施都準備好了。

「蘇……嘔……蘇迪，你這……混蛋……」向來很注重形象和教養的葉雨宸，這一次終於忍不住開始罵人了。

悠然沉穩的腳步聲由遠及近，葉雨宸狼狽地抬起頭，額頭暴起一根青筋，艱難地仰望向停在他身邊的人。

蘇迪在他面前蹲下身，高高挑起一邊眉梢，嘴角輕輕勾起，抬手摸了摸他的腦袋，語帶調侃地說：「你果然怕這種強烈旋轉的遊樂設施。」

葉雨宸用力拍開他的手，瞪著眼睛不爽地問：「你是怎麼發現的？」

蘇迪嘴角的弧度微微上揚，摸著下巴說：「還記得那次帶薩魯去遊樂場，你對所有的項目都很有興趣，唯獨沒有提那個根本沒有身高限制的龍捲風。」

龍捲風，一種大型真實體感遊樂設施，外形是一個巨大的圓筒，遊客進入圓筒後需要張開四肢靠在筒壁上，設施啟動時遊客腳下的地板會下降，背後會出現強風把人吸在筒壁上，然後圓筒迅速旋轉，產生被捲入龍捲風的錯覺。

這項遊樂設施沒有危險性，唯一容易產生的後遺症就是強烈的暈眩，所以只要是不怕暈的人都很喜歡玩這個。

葉雨宸聽了蘇迪這句話，當下翻了個白眼，咬著牙說：「那天在遊樂場你不是幾乎什麼都沒有玩嗎？你怎麼會知道這種事！」

有沒有搞錯，這傢伙那天一副對什麼都意興闌珊的樣子，原來竟是偷偷在進行這種觀察嗎？也太過分了吧！這種跟偵察敵情沒兩樣的態度到底是怎麼回事？他們不是最棒的搭檔嗎？他們不是最親密的室友嗎？他怎麼可以這樣對我！

彷彿猜到了葉雨宸內心瘋狂的 OS，蘇迪嘴角的笑容更明顯了，他站起身，以輕鬆的口氣說道：「雖然我沒有玩，但肩負著保護你們的責任，我的觀察可是很仔細的。」

「仔細觀察然後來消遣我嗎？」某大明星開始齜牙咧嘴。

「不，是為你進行特訓。」某宇宙警部緩緩搖頭。

葉雨宸這下總算沒那麼暈了，他撐起身體，不服地喊道：「這算哪門子特訓？你不要和我說還有所謂的旋轉星球！哼，你不要以為我沒什麼離開過地球就可以隨便唬爛！」

是的，他離開地球的經驗確實很稀有，只有上次被星皇帶出去一次而已，但就算有所謂的旋轉星球，也絕對不可能像剛才那個座艙那樣旋轉吧，開什麼玩笑！

葉雨宸覺得他快要抓狂了，蘇迪這傢伙也不知道哪根神經搭錯了，明明知道他最怕暈，居然還把他塞進那個鬼東西裡面，這分明就是在耍他嘛！

「當然沒有所謂的旋轉星球。」出乎葉雨宸意料的是，蘇迪居然一本正經地否認了。

可隨後，他後退了幾步，回到了旋轉座艙的操作臺前，用異常嚴肅的口吻說：「但萬一出於特殊需要你要坐上戰鬥機的話，這種程度的旋轉根本就是小意思。」

「戰、戰鬥機？我、我怎麼可能會坐上那種東西！」

葉雨宸震驚地瞪圓了眼睛，儘管對他這種擁有花容月貌的偶像明星來說，這種誇張的表情也不足以影響他的美貌，但蘇迪看到他這個樣子，還是很想笑。

繃緊嘴角才控制住了面部表情，蘇迪在暗暗深吸了口氣後，淡淡地說：「要知道，你可是被總部寄予厚望的支援人員，所以，我們應該預防任何可能發生的狀況。」

蘇迪話音剛落，葉雨宸立刻被一股力量扯回了座椅，隨後，只聽「哧嗤」一聲，X型安全帶穿過他的腋下，再度牢牢把他綁在椅子上。

意識到蘇迪想幹什麼，大明星臉色驟變，大聲求饒起來：「喂喂喂！蘇迪，你不要胡思亂想了，這種狀況一定不會出現的啦！我不要再坐這個旋轉艙了，求求你放過我吧，再來一次我真的會掛掉啊！」

「旋轉艙？」蘇迪因為這個名詞挑起了眉梢，「雨宸，這個裝置的學名叫星際戰鬥環境模擬艙。」

伴隨著這句冷冰冰的話，座艙門瞬間閉合，葉雨宸的臉上浮現起驚恐，而頭頂的擴音器中，蘇迪還慢悠悠地開口：「這麼說起來，我確實應該調一些戰鬥畫面給你看，這樣才比較有真實感。」

「什麼真實感！你不要開玩笑了，蘇迪，我才不要……」

葉雨宸掙扎的話還沒說完，蘇迪緊接著又說：「那麼，就來一段和星皇暗中操作的死亡軍團在斯科皮斯星的戰鬥怎麼樣？」

一句話讓葉雨宸徹底安靜下來，而在他正前方的影像螢幕上，突然出現了無數戰機，昏暗的夜幕中，遠處的炮火交織成燦爛的煙火，下一秒，整個座艙驟然前傾，接著驀然旋轉了三六〇度，然後如火箭般衝向了戰爭的最前線！

一週後，宇宙警部地球指揮部大廳中集結了很多人，所有戰鬥部門成員集結，準備前往尤塔星。作為特殊指定隨行人員的佩里在系統中登記過每個人的ID後，對身邊的安卡說：「上校，只剩洛倫佐前輩和雨宸哥了。」

早就察覺到那兩個人沒出現的安卡挑了挑眉，狐疑地問：「他們還在進行特訓嗎？」

「唔，前面通知集結的時候洛倫佐前輩有回話呢，按理他們的特訓應該已經結束了才對。」佩里一邊說著，一邊打開能量環的通訊頁面確認了一下，一小時前蘇迪確實回覆了他的通知。

從小和蘇迪一起長大，深知這個男人的字典裡從來沒有「遲到」兩個字的安卡沉思了片刻，再度發問：「當時雨宸回話了嗎？」

佩里眨了眨眼睛，再度確認了一下通訊頁面，才搖頭說：「沒有呢，這麼說起來，雨宸哥還是第一次不回我耶。」

「那麼，我們可以大膽猜測，不是特訓結束了，而是因為某種原因，特訓中止了。而很大的可能性是，雨宸在特訓中失去了意識。」

安卡雖然用了猜測這個詞，但她的語氣篤定，佩里聽到後卻暗地裡瞪大了眼睛。

失去意識？開玩笑吧？融合這種能力可是超級可怕的，能力者可以迅速適應外部環境，而且這種適應性是從精神到肉體全面覆蓋的。甚至，精神力強的人還可以小範圍內控制環境改變！

雖然葉雨宸的能力剛剛覺醒，目前還不知道會達到什麼程度，但從之前他的超聲波和心靈感應的能力級別來看，他的融合，應該也不會低於 Level 6 才對。

「葉少尉，這是怎麼了？需要叫醫療兵嗎？」

佩里正思索著，不遠處傳來了其他人驚訝的嗓音，他立刻轉頭，果然看到蘇迪和葉雨宸一起從電梯間的方向走了過來，只不過，此刻這兩個人的狀態，實在不算正常。

葉雨宸整個人幾乎是掛在蘇迪身上，手臂繞過蘇迪的脖子被他按在胸前，雙腿看起來虛軟無力，而蘇迪的手扶在他的腰間，根本就是個半摟半抱的姿勢。

佩里的眼睛幾乎瞪成了銅鈴，滿頭的銀髮全都豎了起來，他打了個寒顫，用力揉了揉眼睛後問安卡：「上校，我沒有眼花吧？洛倫佐前輩這是在抱、抱著雨宸哥嗎？」

天知道，儘管安卡此刻的表情還算正常，可她內心也早已波濤洶湧，眼看著蘇迪淡淡回了旁人一句「沒事」後，就徑直以極度曖昧的姿勢帶著葉雨宸走了過來，不，準確地說，應該是挪了過來。

「雨、雨宸哥這、這是怎麼了？」看著蘇迪自若的神態，佩里倒是先結巴起來了。

沒辦法，實在是眼前的這一幕太驚人了。銀河系出了名的大冰山神槍洛倫佐，就算是以前和娜塔西亞少校在一起的時候，也從來沒見他們有過什麼肢體接觸，怎麼現在和雨宸哥親密得這麼自然？

「特訓這麼辛苦嗎？環境模擬器的攻擊力不至於這麼強吧？」不僅佩里，就連安卡也忍不住發出了疑惑的詢問。

在她的印象裡，宇宙適應性訓練裡最難的部分就是星球環境模擬器了，大多數人第一次接觸這個訓練都會被整得很慘，但雨宸特訓了足足一週的時間，又有蘇迪幫忙，就算剛開始比較艱難，現在肯定已經適應了，怎麼會這副模樣出現呢？

「星球……模擬器？那個和星際戰鬥……環境模擬艙怎麼能比？根本就是小巫見大巫嘛……該死的模擬艙，快整死我了……」聽到安卡的話，一直垂著頭的葉雨宸艱難地抬起脖子，咬著牙回道。

「你說什麼？星際戰鬥環境模擬艙？」近處突然響起一聲拔高的尖銳嗓音，原來是薩魯不知道什麼時候也走了過來，正用一臉莫名其妙的表情看著葉雨宸和蘇迪。

不同於佩里和安卡，薩魯好歹和這兩個人一起生活過，所以對於他們此刻的曖昧狀態完全見怪不怪。可葉雨宸剛才的話卻讓他感到疑惑，宇宙適應性訓練而已，需要用到那個戰鬥環境模擬艙嗎？那不是戰鬥部門成員專用的嗎？

「只是預防萬一要上戰鬥機而已，沒什麼好大驚小怪的。」蘇迪用波瀾不驚的語氣回答，完全不顧這句話給其他人帶來了多大的震撼。

佩里一副吞了蟑螂的表情，安卡瞪大了眼睛，薩魯目光中全是不信，而周圍同樣聽到他們對話的其他宇宙警部，也全都陷入了呆滯狀態。

開玩笑吧？戰鬥環境模擬器可是高階戰鬥機駕駛員才會用來做適應

性訓練的設備，當初娛樂室建成後，大家都很疑惑為什麼會有這臺裝置，畢竟地球上的宇宙警部根本沒有進行這項特訓的必要。

安卡還特地向總部確認過是否存在設備運輸錯誤，在得到所有星球指揮部都統一安裝了這臺模擬器後才安下心來。

而事實就是，最初還有對自己體能有自信的人上去嘗試過這臺機器，可下來後無一不是吐到昏天黑地，暈眩感好幾天都消退不了。自那之後，這臺強大的特訓機器就開始積灰，成為所有去娛樂室的人都繞道走的存在。

直到神槍洛倫佐調來地球，戰鬥環境模擬器才迎來第二春，畢竟某人作為金牌警部，開戰鬥機什麼的自然不在話下，也就他還有閒心去娛樂。

再後來薩魯來了地球，倒也去嘗試過，可他到底不算是正經的戰鬥部門成員，強大的超能力也擋不住要命的暈眩感，試過一次就臉色蒼白地表示再也不想玩了。

可現在，短短一星期，聽葉雨宸剛才的話，他不但完成了星球環境模擬器的訓練，還完成了戰鬥環境模擬艙？這……怎麼可能?!

「我們應該慶幸，就像佩里說的，雨宸的適應能力和顏值成正比。」在薩魯他們回不過神時，蘇迪卻用揶揄的語氣說了這麼一句話。

一時間，整座大廳陷入一片死寂，所有人都目瞪口呆地看著葉雨宸，那種表情，彷彿他是全宇宙最偉大的英雄。

就連知道葉雨宸已經覺醒「融合」能力的佩里，此刻也覺得自己像在做夢一樣。戰鬥環境模擬艙的暈眩感可不是任何超能力可以緩解的，雨宸哥，居然是這麼厲害的人嗎？

「可是，」最終，率先回神的人是安卡，她收起滿臉的震驚，用疑惑的眼神看了看葉雨宸，又看向蘇迪問：「雨宸根本不可能上戰鬥機吧？」

「我就說吧！可惡——你這傢伙根本就是在耍我！」前一秒還很虛弱的葉雨宸，聽到安卡的話後一躍而起，一把抓住了蘇迪的衣領，氣急敗壞地大吼。

蘇迪看著他英俊帥氣的臉扭曲成一團，一股笑意忍不住就從心底浮了上來，也不知道怎麼的，和這傢伙相處越久，他的笑點似乎也越來越低了。

一把握住葉雨宸抓著他衣領的手，蘇迪挑了挑眉，強忍著笑意說：「沒看到現在所有人都拿崇拜的眼神看著你嗎？我可是幫你創造了一項很偉大的記錄呢。」

「咦？偉大的記錄，有嗎？」大明星眨了眨眼，朝周圍看了看，果然看到眾警部全都在用力點頭，而且看向他的眼神裡確實充滿了敬意。

葉雨宸的表情漸漸變得興奮起來，原本故作扭曲的怒意一消失，他的笑容立刻點亮了整座大廳。薩魯也感受到了這一點，扭頭咋了咋舌，心裡有點不爽。

可惡，要比顏值的話，他明明也不輸雨宸啊，但為什麼他就沒辦法像雨宸那樣感染整個環境呢？甚至每次他一笑，旁邊的人都會打寒顫！

「好吧，既然雨宸也恢復了精神，那我們準備出發了。」安卡似乎感受到了薩魯的負面情緒，頭痛地揉了揉太陽穴，簡單地下達命令。

站在虛空傳送門邊，已經成為地球指揮部代理部長的克魯斯中校聞言點了點頭，在傳送門控制臺上輸入一串座標，隨後揚聲說：「上校，我們在這裡等你們回來。」

安卡揚起嘴角，鄭重地點了點頭，排在傳送門前的警部開始陸續走入門中，一個個消失在大廳裡。

一直到人走得差不多時，葉雨宸突然「啊」一聲大叫，然後拍著腦袋急切地問：「我差點忘了，這一去也不知道要多久才能回來，我在地球的工作怎麼辦啊？」

ALIEN INVASION ALERT!

外星警部入侵注意

>>>CHAPTER.3

突如其來的大叫自然又引發了超聲波，除了今天佩戴著隔離耳機的蘇迪依舊淡定外，其他人全都渾身一震。薩魯的額頭上猛然跳出一條青筋，咬著牙說：「現在才來擔心地球上的工作是不是太晚了點？都已經過去一週了！」

一句話點醒了大明星，他用食指點著下巴，轉頭看向佩里問：「對哦，佩里，之前蘇迪要你幫我把工作安排好，你都是怎麼安排的？要請一週的假可不容易，是用裝病這一招嗎？」

「裝病？這也太 low 了吧？」天才少年揚起眉梢，學著地球人的語氣戲謔地反問。

葉雨宸的臉上寫滿了好奇，他用力眨眨眼睛，無聲催促佩里趕快揭曉答案。

一看可以展示成果，佩里立刻換上一副得意洋洋的表情，他背著手大搖大擺走到大廳一側的電子螢幕前，迅速輸入一串指令，眉飛色舞地說：「解釋起來太麻煩了，雨宸哥，你就自己欣賞吧。」

眼看他無視出發的命令逕自作起秀來，安卡和薩魯也不在意，兩人和葉雨宸一起，興致勃勃地看向電子螢幕上出現的影像。至於蘇迪，雖然不像他們三人表現得那麼熱切，可目光也在第一時間轉了過去。

隨著螢幕上出現影像，揚聲器中也傳出了聲音，從現場的布置來看，這是一場新聞發布會，在舞臺的上方懸掛著橫幅——「《天使之淚》導演及主要演員見面會」。

「《天使之淚》？這不是公司強迫我接的那部偶像劇嗎？我人在這邊，怎麼就召開見面會啦？難道張導演總算想通了要放過我？」看到熟悉的劇名，葉雨宸立刻驚呼起來。

佩里嘴角的笑容忍不住加深，他沒有回應，只是目不轉睛地看著螢幕。

沒多久，張導演帶著主要演員入場了，當男主角清晰地出現在眾人眼前時，葉雨宸的嘴巴瞬間張大，眼睛更是瞪得快脫窗了。

「這、這、這到底是怎麼回事？」葉雨宸結結巴巴地顫聲發問，同時捂住了嘴巴，以防自己尖叫出聲。

電子螢幕上，在男主角位置坐下的，不是別人，正是他自己，葉雨宸——從身形到容貌，從笑容到氣質，從頭到腳和他百分之百相符。

葉雨宸忍不住捏了一下自己的腰，確認有疼痛感，才相信自己沒有在做夢。可是，他明明就在宇宙警部地球指揮部，為什麼還能同時出現在新聞發布會現場？

佩里看到他的驚訝，忍不住掩嘴得意地笑了起來，接著朝他擠了擠眼睛，示意他繼續看下去。

新聞發布會有序地進行著，坐在舞臺上的大明星掛著熟悉的完美笑容，對記者提出的問題應對自如，甚至連回應過程中的小動作都和大眾印象中的一模一樣。

葉雨宸覺得自己的下巴快要驚掉了，他完全不敢相信自己的眼睛，誰能來告訴他，那個在大螢幕上把張導演和記者們逗得眉開眼笑，工作態度簡直比他還敬業的傢伙到底是誰？

就在大明星快要抓狂的時候，安卡摸著下巴微笑著開口：「佩里，這就是你最新研發的替身機器人嗎？看起來很完美。」

「等等，妳說那是……機器人？」葉雨宸驚呼起來，往前走了兩步，非常仔細地看向螢幕上的自己，可是，無論是從頭髮還是眼珠等細節，他都完全看不出一丁點「機器」的痕跡。

他猛然想起上次從地球指揮部正門進入的場景，當時前臺的雙胞胎機器人也曾經嚇了他一大跳。不過，儘管那兩名機器人也十分逼真，但只要仔細看的話，就能看出她們的眼珠和人類是不同的。

可眼前螢幕上的這個葉雨宸，眼睛有光，皮膚光滑，單薄的T恤下也看得出流暢的身體線條，到底哪裡像機器人了？

「沒錯，這是我最新研發的超智慧替身機器人。不過說實話，要模仿地球人的皮膚和眼睛真的很簡單呢，比某些星球的種族要容易太多了。」

佩里得意洋洋地說著，還順手調出了一張外星人的圖片，只見那個外星人長著章魚一樣的腦袋，大象一樣的鼻子，耳朵則是很奇怪的天線形狀。

「像這個烏魯星人就超級難做，我到現在都沒能做出一個完成體呢，不是鼻子太假就是耳朵斷裂，相比之下，地球人的長相實在太親切了。尤其雨宸哥又長得那麼帥，老實說這個機器人真的很賞心悅目呢。你們不知道，我送他去公司的時候……」

「佩里，你的話題跑遠了。」眼看著科學狂人佩里同學滔滔不絕起來，安卡忍不住打斷了他的話。

葉雨宸此時總算接受了新聞發布會現場的「自己」是機器人的現

實，他揉了揉因為瞪得太大而有些乾澀的眼睛，遲疑地問：「好吧，我知道你們宇宙警部的科技比地球要發達很多，所以做得出地球人辨認不出的機器人也不是什麼難事。可是，他好像連回答問題都滴水不漏啊，包括記者問起上一部電影的劇情他都能回答？」

「那當然啦，這可是你的替身，記憶和你不一樣的話要怎麼替呢？」

「等等，你說記憶？所以你把我所有的記憶都拷貝給他了？」

「是的喔，雨宸哥你從出生起所有記得的事情，他現在都知道哦。」

「我怎麼不知道你是什麼時候拷貝了我的記憶！」

葉雨宸覺得自己快抓狂了，拜託，人類的記憶可是絕對的私有物品好嗎！他居然在自己也不知道的時候就被人拷貝了記憶？開什麼玩笑，那他以後在宇宙警部裡不就完全沒有隱私了嗎？

「啊哈哈哈哈。」佩里顯然也意識到他有些得意過頭了，像做身體檢查的時候順便就拷貝了記憶這種事，根本就不應該暴露嘛。

「佩、里！你給我說清楚！」大吼一聲，葉雨宸轉身就朝佩里追打過去，佩里的反應也很快，拔腿就跑，圍著安卡、薩魯還有蘇迪繞起圈子來，邊跑邊大喊：「雨宸哥你不要誤會啦，拷貝的記憶只有給替身機器人啦，其他人包括我都沒有看過！」

「你以為我會相信你的鬼話嗎！」

「我發誓，我絕對沒有撒謊！」

「你發誓有什麼用，你這種人就算被雷劈也劈不死！」

「哇，洛倫佐前輩救我！」

眼看葉雨宸快追上自己了，佩里立刻向蘇迪求援。本以為只是隨口叫一下，蘇迪未必會理睬自己。沒想到，就在葉雨宸跑過蘇迪面前時，他長臂一撈，居然直接把人抱了個滿懷，立刻阻止了兩人孩子氣的追逐遊戲。

「啊，蘇迪，你攔我，你居然幫他！」被攔下的葉雨宸沒有掙脫蘇迪的懷抱，而是立刻不滿地瞪了對方一眼。只可惜，他這種程度的白眼，某人根本不放在眼裡。

「該出發了，你似乎很容易遺忘自己的工作。」放鬆了手臂的力量，蘇迪語帶調侃地說。這傢伙，之前特訓的時候就把偶像明星的工作忘得一乾二淨，現在和佩里打鬧起來，又把出發的事完全拋諸腦後了。

一句話說得葉雨宸一陣胸悶，可道理確實在蘇迪那邊，他也只能咬著牙狠狠瞪了對方一眼，扭頭朝傳送門走過去。

「嘿嘿，洛倫佐前輩，謝謝你。」得救的佩里不忘感謝救命恩人，心裡其實也有點意外，以洛倫佐前輩最近和雨宸哥的親密程度，他不反過來幫雨宸哥攔著自己就該謝天謝地了吧。

聽到這句感謝的蘇迪，嘴角微微勾起一絲幾不可查的弧度，邁開腳步的同時用只有佩里聽得到的聲音說：「回頭把拷貝檔案給我一份。」

輕飄飄的一句話，說完的時候他已經走到了葉雨宸身後。佩里微微楞了楞，隨即無奈地搖頭。洛倫佐前輩這傢伙實在太狡猾了，這種情況下來要拷貝檔案，自己不就沒有拒絕的餘地了嗎？

記憶拷貝件可是絕密資料，不應該隨便外傳的呢。但洛倫佐前輩對雨宸哥來說，算是外人嗎？思考著這個讓人為難的問題，佩里迅速關閉了電子螢幕，轉身跟上了朝傳送門走去的隊伍。

葉雨宸在一腳邁入傳送門前深吸了口氣，這一週的時間對他來說實在過得太快了，快到他都不知道自己到底幹了些什麼。

等等，所謂的特訓，好像只有第一天花在了在星球環境模擬器上，之後就全都浪費在根本沒必要的戰鬥環境模擬艙裡？這麼說來，他不是壓根就沒進行特訓嗎？

喂喂喂，蘇迪那混蛋到底在搞什麼？他不會是想害死自己吧！跨過這道門他就要去宇宙了？可他根本就沒有進行適應性訓練到底要怎麼去？

這個念頭一在腦海中冒出來，葉雨宸原本已經邁出去的腿瞬間僵在了半空中，背後更是一下子冒出了冷汗。

可緊接著，一隻沉穩有力的手掌按上他的肩膀，再熟悉不過的氣息在剎那間撲到身邊，蘇迪低沉醇厚的嗓音在他耳畔響起：「放心吧，有我在。」

雙眸微微睜大，出神的葉雨宸就這樣被蘇迪帶著走進了傳送門，那一瞬間，平日裡傳送時的扭曲感沒有出現，取而代之的，是一陣由心田升起的暖意。

只可惜，這股暖意還來不及向四周彌漫開，一股逼人的寒氣已經迎面撲來。葉雨宸縮了縮脖子，出現在眼前的畫面讓他驀然屏住了呼吸。

一望無際的漆黑天幕鋪滿整個視野，遙遠到看不清顏色的無數星球

外星警部入侵注意

在暗色中若隱若現，近一點的地方，一顆顆人造衛星正在空中緩緩移動，第一次如此近距離觀賞地球的科技巔峰，那種震撼的感覺根本無法用言語來形容。

但更讓葉雨宸感到不可思議的是，他們此刻站立的地方。

漂亮的淺藍色光芒從腳下透過來，只要一低頭就能看到地球，那顆如同藍色玻璃珠的星球就在距離他們那麼近的地方，彷彿一伸手就可以拿到。在他們的腳下，一條條方格線在平面上延伸，組成了一座形如巨大棋盤的透明平臺。

前方，已經先行到達的警部排成整齊的佇列，緊接著，有什麼東西破開了天幕。

一道裂口在半空中緩緩張開，巨大的金屬艦船從裂口中駛出，如同電影的慢鏡頭般一點一點出現在眾人的視野中。

那是一艘多層構造的銀灰色艦船，比葉雨宸過去看到過的任何地球上的航空母艦都要龐大，高聳的桅杆幾乎要刺穿天幕，堅固的船體發出刺骨的寒意。當艦船完整現身時，葉雨宸幾乎仰斷了自己的脖子，卻依舊無法看清全貌。

它就像一頭蟄伏在暗幕中的野獸，蓄勢待發，等候著獵物上鉤。

葉雨宸呆呆看著眼前的龐然大物，幾乎意識不到發生了什麼，佩里在這時走到他身邊，語帶感慨地說：「厲害吧？這可是最新研發的運輸艦，配備超級防禦系統和星際穿梭能力，運輸速度比以前快了不止一倍呢。」

「運、運輸艦？這樣的船居然是運輸艦？」

「哈哈，早就和你說過了，不要拿地球的科技來和我們比啦。負責戰鬥的船才不會造得這麼大，這樣哪裡還有機動性嘛。」

「是這樣嗎？我看這艘船和鋼彈裡的太空船差不多，以為都可以戰鬥呢。」

「啊，你說的那個動畫我有看過耶，人形機甲超帥！不過還是我們的戰鬥機更厲害喔。」

佩里的語氣裡掩不住得意，葉雨宸忍不住朝他翻了翻白眼。好吧，反正他也不一定看得到他們的戰鬥機到底有多厲害，就讓這小子臭屁吧。

「話說，它剛才是怎麼出現的？感覺上面的空間好像被撕破了？」雖然這艘船完全停穩後半空中的裂口就消失了，但葉雨宸還是很好奇。

佩里哈哈笑了笑，拍了拍他的肩膀示意他一起朝登陸艙走去，邊走邊解釋道：「這裡是宇宙警部專屬的地球運輸空間站，但為了不讓地球人探測到我們，所以布了結界，你剛才看到的就是結界打開的一種形式啦。」

葉雨宸聽了這番話，似懂非懂地點了點頭。結界啊，說起來，這個東西比高科技還神奇呢，以前都只有在玄幻小說或者動畫、電影裡才見過。

「那我們等等就坐這艘船去尤塔星嗎？要多久？」

「大概三天吧。」

「要那麼久？沒有蟲洞可以走嗎？」葉雨宸問話的語氣有點理所當然，也難怪，畢竟他上一次體驗的宇宙之旅就是穿越蟲洞。那種一秒鐘就到達宇宙另一端的感覺實在太奇妙了，他還以為宇宙警部這邊也是用這種方法呢。

佩里當然知道他此刻腦子裡在想什麼，少年額頭冒出一串黑線，無語地說：「拜託，你以為宇宙裡蟲洞遍地嗎？那不就整天都有飛船迷路呀！像星皇那種可以隨便打開蟲洞的能力根本就是變態等級好嗎，全宇宙也找不到幾個！」

「唔，原來是這樣啊。」葉雨宸遺憾地嘆了口氣。唔，星皇那傢伙，果然強得匪夷所思呢，老實說當初沒答應他加入幽靈旅團，現在還真是有點點小後悔呢。

這個念頭剛在葉雨宸腦海中冒出來，前方就傳來了一道低沉的嗓音。「雨宸。」

大明星渾身一震，一抬頭才發現蘇迪不知道什麼時候已經跑到前面去了，現在正站在登陸艙的門口看著他。而且，男人此刻的眼神充滿了警告的意味，就彷彿窺伺到了他剛才的想法。

葉雨宸心虛地縮了縮脖子，快步走過去，強撐起笑臉問：「叫我什麼事？」

蘇迪抬手在他腦門上彈了一下，垂著眼冷冷地說：「希望你認清自己的身份，你現在已經是宇宙警部的正式軍人，那些不著邊際的想法就不該再有了。」

雖然早就習慣了蘇迪總是一眼看穿他這件事，但此刻聽到這麼直白的說辭，葉雨宸還是狠狠抖了抖。這傢伙，一定是向總部隱瞞了自己還有讀心術這個能力吧！

交談的這片刻，登陸艙的艙門已經緩緩關閉，原本到處肆虐的寒意在剎那間消失，艙內的燈光開始變亮，人們在各處交談，大多都在議論即將開始的大戰。

「地球指揮部的安卡上校、洛倫佐中校，請聽到廣播後即刻到艦橋司令室。塔倫號即將出發，請大家在行駛過程中注意安全。」

這時廣播中傳來悠揚悅耳的女聲，和薩魯一起正站在不遠處的安卡聞言轉頭朝蘇迪揚聲道：「洛倫佐，我們先過去吧，應該還有一些事務要交接。」

蘇迪點了點頭，接著轉向佩里說：「你們三個先自由活動吧，雨宸第一次上運輸艦，帶他四處逛逛。」

「沒問題。」佩里爽快地答應了，可一秒後又狐疑地問：「薩魯不用和你們一起去嗎？」

雖然薩魯是以特別調查官的身份來地球的，在宇宙警部裡也暫時沒有軍銜，但他畢竟是索倫上將的兒子，未來要繼任宇宙警部總指揮的人，現在既然上了這艘船，就沒有人可以無視他，就算是艦長也不可以。

這話雖然是問蘇迪，可薩魯卻主動接過了話題，語氣囂張地說：「我才不想去什麼司令室，我對運輸艦上的事務沒有興趣。」

言下之意，不是艦橋不請他過去，而是他根本就不爽去。

佩里聽到這句話，嘴角抽了抽，朝蘇迪和安卡揮揮手，示意他們可以走了。

待兩人離開後，天才少年抬起手腕，調出塔倫號的電子地圖，嘴裡喃喃地說：「這麼說起來這條新船我也還沒逛過呢，要先去哪裡？」

從他抬手開始就湊到他身邊，此刻一臉興致勃勃的葉雨宸指著電子地圖上一個閃光的藍色小三角形標記好奇地問：「這是什麼地方？好像只有這裡在閃耶。」

「真的耶，運輸艦的研發我沒有參與，所以我也不清楚呢。不過看這個位置，好像是二層尾艙的加密倉庫。」佩里在仔仔細細觀察過地圖後，摸著下巴說道。

薩魯聽到他們的對話也湊了過來，朝地圖看了一眼後拉起葉雨宸的手腕，調出能量環裡的地圖一對比，立刻發現葉雨宸的地圖上並沒有那個閃爍的藍色小三角標記。

「咦？我們的地圖不一樣，為什麼？」同樣發現這一點的大明星滿臉好奇。

佩里眨了眨眼睛，似乎一時也沒有反應過來，薩魯卻露出了然的笑容，低聲說：「你是精英研發組的成員，用你的 ID 登錄系統可以看到所有隱祕項目吧？」

一句話讓佩里恍然大悟，少年連連點頭。「對哦，運輸艦的話，我是有全部勘察許可權的。」

「如果我沒有猜錯的話，這個應該是船上最重要的運輸品，不是星雲碎片，就是S級通緝犯。」

薩魯的話讓葉雨宸的心頓時漏跳一拍，就算是經驗豐富的佩里，在聽到S級通緝犯這幾個字時太陽穴也猛地跳了跳。

「薩魯，你說那有可能是S級通緝犯？這艘船不是特地來接我們去尤塔星，準備和死亡軍團開戰的嗎？怎麼還會運輸通緝犯呢？」

葉雨宸問話的時候感覺有一滴冷汗從額頭上滑了下來。唔，能被劃分成S級的通緝犯，那一定是很可怕的傢伙吧，就像幽靈旅團那幫人？和這種人在同一艘船上真的安全嗎？他會不會有同伙？他的同伙會不會來劫獄？

不過是眨眼間，大明星的腦子裡已經冒出了無數個令他不安的念頭，而他的表情也是瞬息萬變，看得連佩里都緊張起來，覺得有些呼吸不順了。

「呃，這艘船應該是接了好幾個星球的人，不是單單只有地球指揮部啦。而且既然是運輸艦，確實有可能會押送犯人，何況一般靜物的話，也沒必要做定位。所以薩魯說的確實有可能呢，那可能是一個被監控中的通緝犯。」

雖然繃緊了神經，但佩里顯然並沒有喪失推理能力。他知道薩魯並不是在和他們開玩笑，既然是重要的戰前時期，轉移掉一些可能會引起麻煩的犯人也是必要的措施。

否則的話，在大部分警力都撤出的情況下，S級通緝犯不管是被人救走還是自己逃走，都會是一件很麻煩的事。

葉雨宸聽著佩里的話，默默嚥了嚥口水，薩魯卻在這時瞇起了眼睛，他轉身朝通往二層的樓梯走去，邊走邊說：「到底是不是，我們去看看不就知道了。」

「啊，薩魯，不要衝動！」葉雨宸和佩里一左一右拉住了這個天不怕地不怕的少年。喂喂，有沒有搞錯，他們都巴不得離S級通緝犯遠遠的，這人怎麼還要主動湊上去啊！

「如果真的是S級通緝犯的話，」薩魯反手勾住兩人的脖子，把兩顆腦袋拉到近處後壓低嗓音嚴肅地說：「可能會有人來劫獄哦，你們不覺得我們先瞭解一下情況會比較好嗎？萬一有突發狀況也好應付啊。」

「呃，說得好像很有道理的樣子……」葉雨宸乾巴巴地說。

「可就算來劫獄，也輪不到我們去應付吧？」佩里直覺地想逃避現實。

薩魯緊了緊勾著他脖子的手臂，大大地咧開嘴角反問：「你這句話裡的『我們』，應該不會也包括我吧？」

佩里感覺自己的額頭上冒出了無數冷汗。也是，作為這艘船上級別最高的超能力者，真的有什麼突發狀況，薩魯是絕對夠資格去應付的。

「嘛，或者你們先四處逛逛，我一個人去看看情況也是可以啦。」

見兩人沒有反應，薩魯直接甩開他們，再度邁開腳步。從他剛才的語氣來看，聽得出他現在處於極度興奮的狀態。

在他身後，葉雨宸和佩里對視一眼，兩人同時嘆了口氣，拔腿朝薩魯追上去。

如果放任這個小祖宗不管的話，誰知道他會闖出什麼禍來。雖然心裡不安，但還是跟著他去吧！

ALIEN INVASION ALERT! 外星警部入侵注意

>>>CHAPTER.4

「前方禁止通行，三位請留步。再重複一遍，前方禁止通行，三位請留步。」

一接近二層尾艙，頭頂的喇叭中立刻傳來警告聲，與此同時，一片紅外線雷射網從兩側牆面射出，瞬間擋住了他們的去路。

葉雨宸和佩里一看到有機關啟動，立刻後退了一大步，瞪著眼睛緊張地看著發出微弱「嗞嗞」響聲的紅色雷射網，兩人幾乎是抱在了一起。薩魯則毫不畏懼地又往前邁了一步，然後伸手碰向雷射網。

「喂，薩魯！小心！」葉雨宸驚呼一聲，只可惜，他的警告完全被無視了。

手指碰到雷射網的剎那，薩魯手上的白色手套立刻冒煙，很明顯，布料被燒毀了。

收回手，看著手套指尖位置明顯露出的破洞，薩魯聳了聳肩，挑眉說：「一級警備機關，看來我的猜測沒錯。」

「呃，那這裡面到底是星雲碎片還是S級通緝犯？」葉雨宸小聲問道，同時轉頭看向走廊深處。

雷射網的後方是一片幽暗寂靜的空間，整條走廊上沒有半個守衛，只有上方排列鬆散的燈管發出昏暗的光芒。可以看到深處有一扇高大威嚴的門，門上沒有任何機關的痕跡，但卻透出讓人毛骨悚然的森冷寒意。

薩魯看著加密倉庫的門，眼神漸漸深沉。只見他朝兩側的牆面掃了一眼，雷射網立刻就消失了。

佩里見狀倒吸了口冷氣，震驚地問：「你破壞了警備系統？這樣做真的可以嗎？」

「沒什麼不可以，只要是為了大義。」以理所當然的語氣說著這句話的某人，已經邁開腳步繼續接近加密倉庫了。

佩里愣愣地眨了眨眼睛，疑惑地嘀咕起來：「大義？哪裡來的大義？」

這次薩魯沒有回話，他緊盯著倉庫的雙目炯炯有神，周身已經散發出一股讓佩里和葉雨宸覺得十分危險的氣息。

筆直走到散發著寒氣的鐵門前，薩魯仰頭看著門框上方不斷閃爍的監視器，微微皺了皺眉。

「怎麼了？」敏銳察覺到對方情緒變化的葉雨宸悄聲問道，也跟著抬頭去看監視器。很快，他就發現到了異樣。

代表設備運行的紅光雖然不斷閃爍著，但機器內的攝影鏡頭卻似乎毫無反應。按理說，有人接近倉庫大門，攝影鏡頭應該會轉動對準來人，但此刻，鏡頭明顯仍然對準入口處。

跟著兩人走過來的佩里也察覺到了這一點，驚訝地說：「監視器這是……壞了？怎麼可能？」

「與其說是壞了，」薩魯沉聲開口，同時抬手按上了面前那扇看起來堅固異常的門，「不如說是被破壞了。」

「被破壞？」葉雨宸下意識地重複道，轉眼就看到佩里的額頭已經冒出了冷汗。

「砰」一聲，在薩魯強悍的念力下，原本緊緊關閉的大門彷彿被看不見的力量劈開，猛然向兩邊打開，發出了劇烈的聲響。

警報聲幾乎是在頃刻間響了起來，但更讓三個人驚訝的卻是眼前出現的情景。

偌大的倉庫裡空無一物，只在正中間的位置有一個十字形的鐵箱。這個足足有兩人高的鐵箱上纏滿了鎖鏈，而且裝載了壓抑星際能量的限制器，一層螢光浮在箱子周圍，連帶空氣都變得緊張起來。

然而，再如此嚴密的警戒狀態下，一個半透明的人影卻漂浮在箱子前，正伸手觸碰箱子上的限制器！

很顯然，對方絕對不是警衛！在倉庫門被薩魯打開的瞬間，人影急轉過頭，惡狠狠地瞪向他們。

那一瞬間，葉雨宸猛然瞪大眼睛，他用力抱住頭，無法自控地大叫起來。

尖銳的超聲波瞬間蓋過了警報聲，傳遍了整艘塔倫號，近距離承受了攻擊的佩里一下子跪倒在地，雙手拚命捂住耳朵，卻抵擋不了劇烈的頭痛。

薩魯也一下子咬緊牙關，他企圖控制葉雨宸，卻驚訝地發現在超聲波的影響下，自己的能力竟然無法施展。

鐵箱前的人影也受到了這股超聲波的衝擊，劇烈地晃動了一下後就消失了。

「雨宸……哥，快停、停下……」佩里虛弱的呼喚聲斷斷續續地響起，少年的鼻孔中流下了鮮血，整個人不停顫抖。

薩魯意識到事情不對勁，伸手企圖觸碰葉雨宸，然而，有人比他更快，一道陰影忽然出現在他們身邊，一把抱住了不斷發出尖叫的人。

「雨宸，冷靜下來！」

隨著一聲低吼，一道耀眼的銀光自蘇迪的能量環中爆開，迅速傳遍整個空間。薩魯伸出的手停在了距離葉雨宸一公分的地方，而佩里的哀鳴也在瞬間中止了。

超聲波在頃刻間消失，渾身發抖的葉雨宸發出粗重的喘息聲，寂靜的空間裡，他的呼吸聲變得異常清晰。

「冷靜下來，沒事了。」蘇迪緩緩說著安慰的話，用力收緊雙臂，試圖讓懷裡不斷發抖的身軀安定下來。

顫慄漸漸停止，葉雨宸的臉色蒼白如紙，他緊緊抓著蘇迪的手臂，顫聲說：「又是那個人，我又看到那個人了……」

「誰？」

「上次在幽靈號、星皇的盒子，我在盒子上看到的人。」

儘管葉雨宸有些語無倫次，但蘇迪還是第一時間反應過來他在說什麼。

上次他們兩人被星皇請到幽靈號上去「做客」，當時星皇曾拿出一個盒子要雨宸做心靈感應。雖然星皇最後也沒有言明雨宸感應到的那個外形像極了惡魔的男人到底是誰，但至少有一點是可以肯定的，那就是男人和銀河系外的死亡軍團有著密不可分的關係。

甚至，那有可能就是死亡軍團的真正首領。

「你剛才又頭痛了嗎？」意識到雨宸為什麼會突然失控，蘇迪眉心微蹙，輕輕揉了揉他的太陽穴，協助他放鬆。

葉雨宸明顯心有餘悸，打了個寒顫，點頭說：「嗯，只要一和他對視，我的頭就好痛，這次比上次在幽靈號上還要痛。」

「那現在呢？還痛嗎？」

「現在好了，蘇迪你又停止了時間嗎？」葉雨宸轉頭看向附近徹底靜止了的一切，喃喃地問。

蘇迪轉頭朝佩里瞥了一眼，少年還維持著異常痛苦的模樣，從鼻尖滴落的血珠就懸在半空中，而鼓起的太陽穴看起來似乎隨時會爆裂。

知道這樣的狀態不能維持太久，他看向葉雨宸嚴肅地說：「雨宸，那個人已經不在了。剛才的超聲波對佩里造成了很大的傷害，我要你向我保證，在塔倫號到達目的地前，無論發生什麼事都必須保持冷靜。」

「對、對不起，我不是故意的。」

「我知道，但你在失控的狀態下超聲波的能力會達到 Level 7，這艘船上沒幾個人受得了。」

到此刻才真正意識到自己剛才幹了什麼的葉雨宸瞪大了眼睛，他忐忑地嚥了嚥口水，用滿含歉意的眼神朝佩里和薩魯看了一眼，小聲說：

「我一定會控制好自己的。」

蘇迪點了點頭，銀光自能量環上閃過，時間恢復了，他一把握住了薩魯伸出的手，按住對方的肩膀沉聲道：「薩魯，是我，沒事了。」

葉雨宸則抱起了佩里，緊張地問：「佩里，你沒事吧？」

「洛倫佐，你來了！」薩魯很快回過神，沒有追究葉雨宸的失控，而是急切地說：「快把佩里送去醫療室。」

事實證明，他的判斷是正確的，因為葉雨宸懷裡的少年已經失去了意識。

走廊上在這時傳來了雜亂的腳步聲，一隊持槍警衛衝了過來，顯然是被警報聲驚動就趕過來的，而且多多少少都被剛才的超聲波攻擊影響了。

蘇迪從葉雨宸手裡接過佩里，對薩魯說：「你來做說明沒有問題吧？」

「沒問題。」

得到薩魯肯定的回答，蘇迪沒有再停留，抱著佩里消失在空氣中。

警衛衝到近處，架起了一排雷射槍瞄準了薩魯和葉雨宸，為首看起來像是小隊長的男性警部神情緊張地大聲喊道：「把手舉起來，你們已經被包圍了！」

葉雨宸幾乎是立刻就高高舉起了雙手，馬上換來了薩魯的一枚白眼，少年斜睨著他問：「你不覺得這樣很丟臉嗎？」

一句話問得葉雨宸滿頭冷汗，他扯了扯嘴角。「薩魯小親親，你要知道，我是個演員，代入感比普通人強多了。」

薩魯再度翻了翻白眼，目光轉向警衛小隊長，也不說話，直接把手伸進口袋。

小隊長大概是被他囂張的態度嚇到了，舉著槍的手不自覺地就按下了扳機，受他影響，其他人也都紛紛發起攻擊。

一時間，幾十道雷射朝兩人襲來，葉雨宸渾身的雞皮疙瘩瞬間豎起，嘴一張就想喊，可千鈞一髮之際又想起答應過蘇迪的事，立刻用力摀住了嘴巴。

薩魯淺栗色的雙眸微微一瞇，一聲冷笑從他的嘴裡逸出，而筆直射向兩人的雷射在距離他們一公尺左右的地方全部停在了半空中！

「這是，念動力！」小隊長不可置信地發出驚呼，而警衛隊的其他成員已經呆若木雞了。沒辦法，作為一艘運輸艦的警衛，他們接觸到高級能力者的機會實在是不多。

薩魯挑了挑眉，懸在半空中的雷射開始移動並且扭曲變形。兩秒後，雷射光束組成了一道碩大的人名，看得小隊長和一眾警衛全都震驚地瞪圓了眼睛。

薩魯·恩格·菲切賽爾·米修。

「看來你們都知道這個名字，很好。」薩魯拍了拍手，雷射光束憑空消失，然後他看向小隊長問：「塔倫號上的最高指揮官現在是誰？」

完全沒想到自己有生之年居然會看到宇宙警部下一任總司令的小隊

長慢慢漲紅了臉，他立即把手裡的雷射槍藏到身後，然後站直了身子大聲回答：「是裘德中將。」

「可以直接聯繫他嗎？」薩魯用拇指指向身後大開的加密倉庫大門，沉聲說：「我懷疑這裡面關押的傢伙已經不在了。」

一句話讓小隊長臉色煞白，他正猶豫著該怎麼回話，走廊上又響起了一片腳步聲。

片刻後，一名身著黑色軍裝，滿頭銀髮，看起來相當年長的威嚴軍官帶著一群人走了過來。葉雨宸抬頭一看，安卡也在人群裡。看來，這個肩章上的星星明顯比其他人多的領頭軍官就是裘德中將了。

「薩魯，發生什麼事了。」裘德中將認識薩魯，一走近就皺著眉開口。

他朝警衛隊揮了揮手示意他們退下，一陣雜亂的腳步聲後，走廊恢復了安靜。隨同裘德中將過來的人總共有五位，從肩章來看，全部是上校級的人物。

在這種陣仗下，葉雨宸覺得自己完全沒有說話的份，於是悄悄朝旁邊讓了讓，便於眼前這些大人物看清倉庫裡的情況。

「裘德中將，我想知道這間倉庫裡關押的是誰。」薩魯見到長輩也不客套，開門見山直接問了重點。

滿頭銀髮，留著山羊胡的長者下意識地看了倉庫內部一眼，看到鐵箱還在，緊鎖的眉心才鬆開了些。他和左右的上校們對視一眼，思索片刻後才沉聲回答：「是喀爾薩。」

「什麼？喀爾薩？」薩魯想過無數種可能，卻怎麼都沒想到居然會聽到這個答案。

少年睜大了眼睛，不確定地再問：「應該在斯科皮斯星大爆炸中死掉的喀爾薩？」

裘德中將點了點頭，邁開腳步帶頭走向倉庫中央，同時解釋道：

「是的，我們一直以為那場大爆炸讓死亡軍團全軍覆沒，沒想到，就在一週前，有人在沉船墓場發現了他。」

「沉船墓場？誰發現的？」跟在裘德中將身側的薩魯緊緊皺起了眉。斯科皮斯星的事過去已經一年多了，如果喀爾薩當時沒有死，按理不應該到現在才被發現。

尤其是，發現地點居然是沉船墓場？那個宇宙警部和星球安全局時不時就會去光顧的地方？喀爾薩如果不是在斯科皮斯星的大爆炸中被燒壞了腦袋，那他就是故意被發現的！

「是流浪者發現後舉發的。」

「轉移命令是誰下達的？我父親嗎？」

「雖然不清楚是否是索羅上將下達，但確實是來自總部的命令。」

「我父親不可能下達這樣的命令，喀爾薩這麼危險的人物，怎麼可能讓運輸艦押送轉移。有人瞞天過海，下達了這個完全不合理的指令！」

薩魯語速極快地說完，從口袋裡摸出一塊光滑如同鏡面的石頭，正要做什麼，只聽「轟」一聲巨響，整艘塔倫號劇烈地震動起來！

警報聲驟然響起，緊接著，廣播中傳來急切不安的通知：「全體乘員請注意，塔倫號遭到襲擊！裘德中將請回艦橋指揮作戰，各星球的戰鬥部門請至停機坪集合。重複一遍，全體乘員請注意，塔倫號遭到襲擊！裘德中將請回艦橋指揮作戰，各星球戰鬥部門請至停機……」

通知還沒有說完，第二聲巨響傳來，比前一次更為劇烈的震動使船體大幅度搖晃起來，裘德中將在一個踉蹌後迅速抬起手腕，按住能量環開口：「我是塔倫號最高指揮官裘德中將，我下令，同時打開塔倫號和地球的最高級別防禦系統，戰鬥部門及護航艦隊出艙迎敵。」

說完這句話，他轉頭朝近在眼前的鐵箱看了一眼，皺眉道：「薩魯，若你的猜測無誤，這裡面的人恐怕根本不是喀爾薩，那現在攻擊塔倫號的人就很棘手了。總之這邊交給你了，我先回艦橋聯絡總部。」

薩魯面無表情地盯著箱子上的限制器，語速飛快地問：「中將，我還有一個問題，如果敵人真的是他們，塔倫號的防禦系統能撐多久？」

裘德中將的眉心幾乎皺成了川字，他朝身側的一名年輕軍官點了點頭，這才低聲說：「十五分鐘？不，或許十分鐘也撐不到。」

年輕軍官在他說完這句話後伸手按上中將的肩膀，兩人化成一道光沿著走廊朝外急速移動，轉眼就看不到人影了。

「你們也去艦橋幫忙吧，我留在這裡就好。」知道裘德中將是先趕回司令室了，安卡朝其餘幾位軍官開口。沒有人提出異議，他們朝薩魯點頭示意後就快步離開了。

倉庫很快陷入了寂靜，自防禦系統打開後，塔倫號似乎沒有再受到攻擊，但從舷窗外不斷亮起的閃光來看，戰鬥已經開始了。

「薩魯，你不去幫忙嗎？」在空氣幾乎要凝固的時候，葉雨宸忍不住開了口。

他們現在並不能確定到底是誰在攻擊塔倫號，但從裘德中將和薩魯的對話中，他知道他們猜測的對象是死亡軍團。而且，不是銀河系的死亡軍團，而且來自宇宙更深處，更強大的敵人。

沒有人知道他們為什麼會出現在這裡，為什麼會攻擊塔倫號，唯一可以確定的是，如果對手真的是他們，塔倫號和地球恐怕都要完蛋了。

於是很突然地，葉雨宸想起了斯科皮斯星的戰事，想起了星皇憑一己之力消滅了宇宙警部一整支精英軍團的事。

星皇能做到的事，薩魯是不是也可以做到呢？他可是Level 7的念動力天才，是不是只要他動動腦子，就可以消滅敵方的艦隊呢？

「要去，但現在更重要的是眼前這個東西。」薩魯很快回道，他的臉上沒有迷茫，直視前方的目光中充滿了堅定。

葉雨宸突然覺得很佩服他，就連裘德中將這種身經百戰的長者在遭到攻擊的瞬間都露出了茫然的神情，可薩魯卻已經冷靜地在考慮許多事情了。

鐵箱前的少年抬起手，輕輕點上限制器，只聽「啰嗟」一聲，限制器被關閉，從鐵鍊上掉了下來。他再點上鐵鍊，「嘩啦啦」一串響聲，看起來異常堅固的鏈條全都滑落到地上。

解除了防禦，薩魯卻沒有立刻打開箱子，而是轉頭對身邊的人說：「雨宸，你先試著感應一下，看看能看到什麼。」

葉雨宸點點頭，摘掉右手的限制手套，張開五指按在箱面上。

影像幾乎立刻就出現在腦海中，兩個穿制服的宇宙警部把一名長髮凌亂、赤裸上身、滿身紋身的強壯男人狠狠按進箱子裡。男人雖然被五花大綁，但在進入箱子的瞬間，他的嘴角勾了起來。

那是一抹讓葉雨宸毛骨悚然的笑容，陰謀得逞，他能聯想到的只有這四個字。

影像接著陷入一片黑暗，他沒有立刻收回能力，而是繼續感知。果然，片刻後，漆黑的箱子裡亮起了光芒，那是從被囚禁的男人的額頭發出的光。

而從這點光芒出現起，葉雨宸的頭就開始隱隱作痛，他知道，那是因為鐵箱裡的人正在和那個惡魔聯繫！

很快，惡魔出現在畫面中，他被箱子裡的光芒牽引而來，而葉雨宸的頭立刻劇烈地痛了起來！

「唔……」咬緊了牙關，葉雨宸想硬撐著感應更多內容，但尖銳的頭痛讓他根本無法集中注意力，腦海中的畫面也開始搖晃，再也無法維持安定的狀態。

蘇迪在這時出現在倉庫門口，他快步走到鐵箱邊，拉回葉雨宸貼在箱子上的手，語速極快地說：「地球前方出現白洞，剛才撞到塔倫號的是從白洞中噴射出的隕石。」

「白洞？這片星域怎麼可能出現白洞？」安卡驚訝地開口，轉身跑到舷窗邊朝外張望，但由於距離和角度的關係，並不能看清外面的情況。

「不是死亡軍團？而是白洞？」薩魯也一臉不可置信，深深皺起了眉。

白洞是宇宙中的一種自然現象，和會把一切物質吞噬進去的黑洞相反，白洞會噴射出曾經吞噬掉的物質，由於無法預估其內部物質的成分，很可能會引發極大的災難。

白洞和黑洞可以說是在宇宙中隨機出現的時空隧道，但相對來說，它們一般不會出現在地球附近這種平衡穩定的星域中，這也是安卡會覺得驚訝的原因。

「不，」葉雨宸卻在這時急切地開了口，他緊抓著蘇迪的手臂，神情堅定地說：「這件事一定和死亡軍團有關，箱子裡的人在聯繫他。」

「聯繫誰？」還不知道幽靈號上那件事的薩魯敏感地捕捉到了重點，搶聲問道。

葉雨宸皺了皺眉，不知道應該怎麼向薩魯解釋，只能下意識地看向蘇迪。

接收到求助信號的男人思索幾秒後開口：「我們也不知道對方是誰，但有很大的可能性，那是死亡軍團的真正首領。」

「死亡軍團的真正首領？為什麼雨宸會認得？」薩魯的眼睛瞇了起來，葉雨宸感受到危機，悄悄挪動腳步，躲到了蘇迪的身後。

「這件事我之後再向你解釋。」蘇迪斬釘截鐵地說，走到鐵箱正面抬起右手，能量環閃過一陣耀眼的藍光後開始變形，很快變成了槍形態。

「安卡，防止裡面的人逃跑。」舉槍瞄準鐵箱正面，蘇迪冷靜地下達指令。

安卡點頭，張開雙手，只見一層光膜自她的掌心間張開，以他們站立的位置為中心，形成了一個長寬約五公尺的正方形透明結界。

在結界穩定張開的瞬間，蘇迪手中的武器發出槍響，雷射擊中鐵箱上的鎖，箱門幾乎是立刻就被什麼東西從裡面撞開。

葉雨宸只覺得眼前一花，根本什麼都還沒看清楚，就有什麼東西已經猛烈撞上了結界，發出巨大的聲響。然而，結界紋絲不動，槍聲卻再度響起。

「嘶——」有人倒抽了一口冷氣，隨即「砰」一聲砸在了地上。

葉雨宸到此刻終於能夠準確地轉向聲源，也看清了被一層雷射網牢牢束縛、倒在地上的人。

那是一個看起來只有人類七、八歲大的少女，一頭火紅色的凌亂短髮因為汗水而一縷縷貼在額頭上。身上的衣服破舊不堪，完全就是流浪漢的打扮，而且對她的身材來說，實在大得太多了。

她的額頭上有一個形狀古怪的符文印記，那個印記不斷閃爍著微弱的銀光，就像是在和誰保持著聯絡一樣。

她的樣子顯然和葉雨宸在鐵箱上感應到的不同，這也讓他意識到，這個少女恐怕是擁有變形之類能改變外貌的能力。她正是通過這種能力騙過宇宙警部，混到了塔倫號上。

「安卡。」蘇迪的槍直指少女的頭部，冷冷出口的兩個字，讓葉雨宸不由得一愣。

剛才一擊捕捉到少女的精准槍法並沒有讓他覺得驚訝，畢竟，神槍洛倫佐這個外號他已經聽過無數遍了。但此刻蘇迪冰冷的神情，卻讓他覺得分外陌生。

相處的這些日子以來，他以為自己已經對這個男人有了足夠的瞭解，但此刻從蘇迪身上散發出來的陌生氣息，卻讓他覺得他們之間的距離變得異常遙遠。

安卡的臉上也早已覆上一層嚴霜，在接到蘇迪的指示後，她筆直走到少女面前蹲下身，面無表情地開口：「停止妳的能力，不要逼我動手。」

被威脅的少女扯開嘴角，比普通人大三倍的眼睛裡有光芒在閃爍，瞳孔更變得像蛇一樣尖細，她用陰狠的語氣說道：「放棄吧，銀河系註定要成為納達克的戰利品，而你們……」

沒有說完的話因為驟然而至的劇痛被迫中止，少女瞪大眼睛，不可置信地看著用一根手指直接戳穿了她額頭的安卡。

藍色的血液飛濺而起，少女眼中的光芒漸漸消散，不過幾秒鐘的時間，剛才還說著狠厲話語的人已經變成了一具屍體。

葉雨宸的臉色有些發白，這轉瞬間發生的殺戮讓他不知所措。一直以來，他沒有真實接觸過戰鬥，哪怕面對星皇，他所看到的也不過是意念上的較量。

但此刻，從少女額頭不斷湧出的鮮血在地板上延展，那雙死不瞑目的雙眼更是朝著他的方向，彷彿依然在看著他。而剛剛動手殺了人的安卡一臉漠然，蘇迪也毫無波動，這一切對他們來說，彷彿是家常便飯般簡單。

冷汗幾乎是瞬間從背脊冒了出來，葉雨宸的腳步不由得後退了一步。然而，抵抗的力量頃刻間從後背傳來，然後是薩魯冷酷無情的嗓音：「雨宸，這只是開始，不殺她，我們不知道會面對什麼。」

葉雨宸接不上話，他當然能理解薩魯的話是什麼意思，也知道他們並沒有錯，但發生在眼前的彷彿電影場景的畫面，還是讓他感到深深的震撼。

他第一次覺得疑惑，衝動之下加入宇宙警部的行為，到底是正確還是錯誤的？

蘇迪在這時收起了槍，他朝葉雨宸看了一眼，並沒有出口安慰，而是淡淡地開口：「準備迎戰吧，我們也去艦橋。」

「你們先走，我來處理屍體。」安卡說著，從口袋裡摸出了一個袋子。

蘇迪和薩魯顯然都沒有要看她處理的意思，彼此對視一眼後，蘇迪抬手按住葉雨宸和薩魯的肩膀，發動了瞬間轉移。

艦橋裡正一片混亂，作為一艘運輸艦，塔倫號上的職員實在沒有太多的迎戰經驗，即便有裘德中將坐鎮指揮，仍然有很多操作失誤。更何況，這還是一艘新船，很多人甚至連操作介面都還沒來得及徹底熟悉。

從艦橋的大螢幕上可以看到，就在距離他們不遠的地方，漆黑的天幕中張開著一個散發刺眼白光的巨大洞穴，可以清晰地看到無數隕石和宇宙垃圾正不斷從洞穴裡飛出來，以極快的速度砸向塔倫號和地球。

塔倫號的護衛隊已經全部出動，天空中不斷發出爆炸的光芒，是護衛隊在拚命阻攔那些砸過來的物質。然而，隨著白洞中噴射出的東西越來越多，護衛隊的防衛開始反應不及，船體不斷被隕石碎片砸中，發出微弱的震動。

大螢幕上，一塊大型宇宙沉船的碎片再度突破了防禦網，流星般飛速砸向艦橋，眼看艦橋的舷窗就要被砸中，薩魯終於出手。

面帶怒色的少年抬起手，眼眸一瞪，舷窗外的碎片在頃刻間自爆，化成了宇宙裡的塵埃。

「薩魯，這樣下去不是辦法。」裘德中將皺緊了眉，沉聲說道。

靠薩魯的念力來防禦塔倫號？別開玩笑了，念能力也不是萬能的，就像那些不斷砸到船體上的隕石碎片，只要是薩魯看不到的地方，根本就無法防禦。

儘管他已經向總部發出求救信號，可現在是大戰前夕，所有的戰力都調回了尤塔星，就算立刻趕來應援，也至少需要半個小時的時間，而他們根本堅持不了那麼久！

薩魯當然知道裘德中將說的是事實，但此時此刻，他們還能有什麼辦法？莫名其妙出現的白洞有著巨大的攻擊力，而他們的身後就是地球。

如果不是處於這樣尷尬的位置，塔倫號完全可以加速一走了之，但現在他們走不了，他們如果走了，地球將被白洞裡噴射出的隕石毀滅！

就算現在他們有 Level 7 的念動力能力者，有神槍，有宇宙警部幾個分部的兵備成員，但沒有攻擊艦隊，沒有戰鬥系統，僅靠人力去對抗白洞根本就不現實。

「中將，白洞中即將噴射的物質分析出艦隊，是死亡軍團！」

就在所有人都陷入沉默時，虛弱而焦急的嗓音從司令室門口傳來，佩里捧著他的設備機出現，臉色已經慘白。

那一瞬間，室內響起數道抽氣聲，裘德中將瞪大了眼眸，而薩魯垂在身側的手緊緊握成了拳！

ALIEN INVASION ALERT!

外星警部入侵注意

>>>CHAPTER.5

「預計到達時間還有多久？」死寂般的幾秒後，蘇迪第一個回過神，冷靜地發問。

佩里朝設備機看了一眼，嚥了嚥口水。「最多不超過十分鐘，這個白洞應該是人為製造的，是他們來銀河系的時空隧道。」

「白洞居然可以人為製造嗎？」

「這算什麼能力？就算是Level 7的念動力應該也做不到吧？」

「這就是死亡軍團的本領嗎？十分鐘，我們等不到總部的支援了。」

「我們會死在這裡嗎？和地球一起？」

操作臺前的警部們發出驚訝的低語聲，一直默默跟在蘇迪身後的葉雨宸卻在這時突然抬起頭，拉了拉蘇迪的衣袖低聲問：「蘇迪，我的自然科學沒有學得很好，不過我剛才突然想到。那個……就是那個人，他不是可以打開蟲洞嗎？如果把蟲洞和白洞直接連接起來，死亡軍團離開白洞的瞬間是不是就會被傳送走呢？」

這一席話讓蘇迪微微睜大了眼眸，其他人聽到也是一愣，立刻有人開始竊竊私語，都在猜測葉雨宸說的那個人是誰。

佩里卻飛快地在設備機上操作起來，一連串數字飛速在螢幕上掠過，幾秒後，他大聲說：「可以，由於這個白洞是人造的，所以邊緣十分清晰。如果有辦法再製造一個蟲洞，確實可以讓兩者無縫對接，具體的座標我可以計算出來。」

蘇迪聽到這句話，嘴角揚起了幾不可見的弧度，他抬手按住葉雨宸的腦袋，用讚賞的語氣說：「誰說你的自然科學沒學好，我去幫你教訓他。」

一句話讓大明星噗嗤笑出了聲，幾分鐘前盤旋在心頭的壓抑瞬間消失了。蘇迪就是蘇迪，永遠履行應盡的職責，溫柔也好殘酷也罷，他只是在做他應該做的。

「葉少尉，你說的人是誰？能請他立刻過來幫忙嗎？」裘德中將事先早已看過登船名單，雖然葉雨宸是新人，他也認識。

「呃，是……」葉雨宸扯了扯嘴角，不知道是不是應該在這樣的場合說出那個人的名字。看大家現在都一臉好奇，等聽到那個名字多半會驚掉下巴吧。

一旁，薩魯滿臉陰鬱地開了口：「是星皇。」

「什麼？」果然，就像葉雨宸預料的那樣，不但裘德中將睜大了眼睛，其他不知情的人更是目瞪口呆，一個個就像被定住了一樣回不過神來。

「薩魯，你們說的……是那個星皇嗎？」似乎是不相信自己的耳朵，老者鄭重地又問了一遍。

薩魯面無表情，陰鬱的眸光狠狠瞪了葉雨宸一眼，後者委屈地撇撇嘴，小聲說：「我知道你不想聽到這個名字，但現在是非常時期，過去的事先放一放吧，不管怎麼說，我不能讓地球被死亡軍團毀滅。」

就算是葉雨宸，也十分清楚他們現在面臨的處境，擋不住死亡軍團，不僅塔倫號會全軍覆滅，就連他們身後的地球都會保不住。那是他出生和成長的星球，他不能不救她。

「雨宸，你知道星皇現在在哪裡嗎？」不知什麼時候來到艦橋的安卡開了口，顯然她也認同葉雨宸的提議。死亡軍團現在是整個銀河系的敵人，宇宙警部和星皇，沒什麼不能聯手的。

「我不知道……」被點名的人為難地抓了抓腦袋，遲疑地說：「我還以為你們可能會有辦法聯絡S級通緝犯什麼的。」

「我們沒有。」安卡的語氣很無奈，聯絡S級通緝犯？這是在開玩笑嗎？那幫傢伙哪個不是神出鬼沒，別說聯絡了，平時要看到一次都很困難啊。

葉雨宸轉頭朝蘇迪看去，後者眉心微蹙，顯然也在傷腦筋要怎麼聯絡星皇，現在唯一能拯救塔倫號和地球的人可能真的只有那傢伙了。

塔倫號再一次被隕石碎片擊中，一陣猛烈的搖晃後，站在裘德中將身邊的一位也十分年長的女性上校開了口：「如果有星皇曾經用過的隨身物品，我或許可以試著聯絡。」

「蘭瑟上校，妳可以嗎？」裘德中將轉過頭，望向對方的目光中明顯帶著遲疑。

蘭瑟上校有著一張端莊慈祥的臉，儘管上面已經布滿歲月的痕跡，但仍然讓人一看就覺得親切。一頭優雅的銀髮盤紮在後頸處，穿著軍裝的身體站得筆直，她直視著中將的眼睛，緩慢而堅定地點了點頭。

葉雨宸從兩人微妙的氣氛中察覺到了什麼，他轉頭看向薩魯，朝對方擠了擠眼睛。

薩魯朝他翻了個白眼，咬著牙用別人聽不見的聲音說：「蘭瑟上校的兒子是斯科皮斯星的駐軍警部。」

葉雨宸聞言一愣，斯科皮斯星的駐軍警部，那麼他已經在那次大爆炸中……

因驚訝而睜大的眼眸染上了哀戚的光，葉雨宸滿懷歉意地看向正朝他看過來的蘭瑟上校。因為星皇失去了愛子，她一定很恨星皇吧？可是為了地球和銀河系，她主動提出了要協助聯繫星皇，這位上校，真的很值得尊敬。

「葉少尉，你不用對我覺得抱歉，軍人以服從命令為天職，我的兒子盡到了他的職責，他死得很光榮。」蘭瑟上校用平靜的語氣說出了這句話，她的目光直視著葉雨宸，竟然不帶半點恨意。但不知道為什麼，葉雨宸被她這樣看著，居然起了一身雞皮疙瘩。

失去了心愛的孩子，她真的能把這一切歸入軍人的天職而輕描淡寫地遺忘嗎？可為什麼那雙不帶恨意的眼睛深處，卻滿滿都是冰冷的寒意呢？

在葉雨宸發呆的時候，蘭瑟上校已經轉頭看向蘇迪問：「你們有星皇曾經用過的物品嗎？考慮到他現在不知道在宇宙的哪個角落，這件物品最好對他比較重要。」

蘇迪和安卡對視一眼，兩人又同時看向薩魯。很顯然，星皇曾經用過的物品什麼的，他們根本就沒有。

「我更不可能有那傢伙的東西吧。」薩魯冷哼一聲，額頭隱隱暴起一根青筋。

裘德中將的眉皺了起來，蘭瑟上校的能力可以通過物品聯絡到相關人物，可問題是，對象是星皇，實在有些強人所難了。那傢伙可是宇宙盜賊，從來只有他偷東西的份，哪裡有留下東西的道理呢？

佩里迅速在設備機上檢索了一下，頹喪地說：「別說塔倫號了，就是整個宇宙警部的倉庫裡都沒有星皇的關聯物品。現在如果要說哪裡確定有星皇的東西，那可能只有沉船墓場裡的幽靈號舊船了。」

「但我們不可能去沉船墓場。」安卡秀麗的眉心也緊蹙起來，如果說有什麼事比絕望更讓人難受的，那恐怕就是燃起希望後的絕望了。

蘇迪在這時把目光轉向葉雨宸，朝他微微挑了挑眉。也不知道為什麼，儘管在這艘船上最不可能有星皇關聯物品的人就是雨宸，可他就是覺得雨宸會出乎他們的意料。

接收到他相當明顯的暗示，葉雨宸扯了扯嘴角，猶豫了片刻後從口袋裡摸出一枚精美復古的藍寶石戒指，遞向蘭瑟上校問：「唔，您看看這個戒指可以嗎？」

蘭瑟上校似乎並不意外他作為一個新丁居然拿得出這麼一樣東西，抬手接了過去。倒是薩魯高高揚起了眉梢，斜睨著葉雨宸的臉色不太好看。

雨宸這混蛋居然拿出了一枚星皇用過的戒指？他是怎麼做到的？他到底還瞞了他們多少事？他對宇宙警部真的有忠心可言嗎？

薩魯只覺得他的肺快要氣炸了，可偏偏這種時候又無法發作，身邊的安卡拍了拍他的肩，無聲地安撫著這個炸毛的年輕人。

蘭瑟上校把戒指托在右手掌心，她手腕上的能量環急速變化，很快就變成了一個小小的方形矩陣，並且把戒指包圍在了裡面。

矩陣的表面彷彿星空般閃爍著點點星光，蘭瑟上校身上的星際能量不斷急劇增長。她閉起雙眼，散落在兩鬢的髮絲如同被風吹動般在半空中漂浮起來。

隨著她繼續釋放星際能量，整艘塔倫號隱隱晃動起來，裘德中將見狀朝安卡看了一眼，後者點了點頭，揚起手，一張橢圓形的金色結界迅速張開，單獨把蘭瑟上校籠罩在了裡面。

結界內瀰漫起銀藍色的星際能量，幾秒鐘後，蘭瑟上校緩緩睜開眼睛，原本棕褐色的眼瞳此刻變成了銀色，她緩緩轉頭朝周圍看了一眼，微笑著開口：「真是稀客，宇宙警部的各位，找我有什麼事嗎？」

聲音出口，赫然是星皇本人！

葉雨宸嚇了一跳，瞪大了眼睛。他原本以為蘭瑟上校的能力是通過物品尋找相關人物，沒想到居然可以直接讓對方的意識附身後和他們對話。

一旁的蘇迪往前走了一步，面無表情地開口：「星皇，我們需要你的協助。」

「噢？死亡軍團製造的白洞居然這麼棘手嗎？集合了這麼一群名人還需要向我求助呢。」星皇的語氣夾雜著戲謔，笑容已經收起，恢復成他一貫的平靜模樣。儘管此刻在眾人面前的是蘭瑟上校的臉，但葉雨宸還是彷彿看到了星皇就站在面前。

一聽他已經知道這裡發生了什麼，薩魯的額頭立刻跳出一道十字青筋，垂在身側的手也用力握成了拳。這傢伙，分明就是在等著看他們的笑話吧！

咬著牙的少年衝動地想說什麼，安卡卻穩穩地按住了他的肩膀，揚聲開口：「星皇，如果你能出手相助，宇宙警部可以抹消幽靈旅團之前所有的通緝記錄。」

安卡的話讓司令室裡的大多數警部震驚地瞪大了眼睛，葉雨宸卻覺得很合理。畢竟危機已經刻不容緩，直接開出最高籌碼，是讓星皇答應幫忙的最好辦法。

而就在這時，塔倫號再度遭受強烈的碰撞，劇烈地晃動起來。

星皇嘴角浮起一絲高深莫測的笑容，即便已經感受到事情的嚴重性，他看起來仍然不慌不忙。他轉頭看向裘德中將，淡淡開口：「裘德中將，不知道在你們這艘船上，安卡上校的話能不能作數呢？」

葉雨宸聽到他這句話，心裡默默汗了一下。這傢伙，明明就不知道窩在宇宙的哪個角落，居然對這裡的事這麼清楚，連裘德中將才是塔倫號上的最高指揮官這件事都知道，實在是太可怕了。

被星皇直接點名，裘德中將微微皺了皺眉，老人冷靜地直視對方的眼睛，淡淡地說：「安卡上校現在說的話能夠代表宇宙警部整個組織，你可以放心。」

「那麼，你們希望我怎麼幫忙？」見裘德中將做出了承諾，星皇不再為難他們，爽快地直奔主題。

儘管在聯絡之前就知道星皇肯定會幫忙，但真的聽到他這樣問的時候，葉雨宸還是很感慨。作為敵對的關係，還是曾經生死相搏的死對頭，星皇能夠如此輕易地答應幫忙，這種大度，和蘭瑟上校不是很相似嗎？

明明是可以和睦共處的人，為什麼一定要對立到那種程度呢？星際盜賊，這個名詞所象徵的意義到底是什麼？只是小偷而已吧，真的有那麼十惡不赦嗎？

「現在的情況想必你已經都瞭解了，我們需要你打開一個蟲洞，把死亡軍團和白洞裡噴射出的物質直接傳送走。」見兩邊談妥了，蘇迪再度開口。

「我確實有所瞭解，但恐怕沒有你認為的那麼瞭解。蟲洞是否能夠包裹白洞，要等我來看了實物才知道。」

「你多久可以趕到？」

「告訴我塔倫號後方一百公尺的準確座標。」

很顯然，星皇瞭解事情的輕重緩急，沒有再岔開話題，準確地說出了他的要求。蘇迪轉頭朝佩里看去，佩里點了點頭，迅速報出一個座標。

蘭瑟上校眼睛裡的銀光緩緩褪去，她再度閉上眼睛，幾秒後，她身上的星際能量不再滿溢，逐漸平靜了下來。

安卡見狀收起結界，走過去扶住了看起來十分疲憊的老人。

蘭瑟上校喘息了片刻，朝葉雨宸抬起手，攤開的掌心裡，那枚剛才被她用作媒介的戒指，原本看起來異常精美的藍寶石就像被吸收走了能量一樣變得黯淡無光。

葉雨宸愣了一秒，快步走過去接過戒指，放回了口袋裡。

說起來，他還是考慮到這次去宇宙警部總部集合可能會遇到老爸才帶著這枚戒指的，還真是帶對了呢。如此看來，幸運女神其實還是站在他們這邊的吧？

舷窗外的炮火聲仍然不斷響起，大大小小的爆炸在附近發生，一陣又一陣的衝擊能量朝塔倫號衝來，遠處，一架飛行器因為躲避不及時被白洞中噴射出的隕石砸中，冒著火花旋轉著從電子螢幕上一閃而過。

葉雨宸震驚地看著那一幕，只覺得心被揪了起來。

就在這時，雷達監測器前的警部高聲喊了起來：「塔倫號後方出現大量星際能量，根據資料比對，是幽靈旅團！」

即便已經知道星皇有製造蟲洞這種誇張的能力，但此刻的司令室，

外星警部入侵注意

除了葉雨宸和蘇迪、薩魯三個人，其他人都是第一次見識星皇的本事。

電子螢幕上早就調出了塔倫號的尾部監控，只見原本空曠的星空中突然出現一團流光溢彩的霧氣，緊接著，霧氣迅速展開，不過眨眼間，就形成了一顆有著半透明邊緣的彩色光璿！

熟悉的畫面讓葉雨宸的內心一陣激動。這個星皇，居然真的立刻就出現在他們眼前了，在宇宙中到處穿梭，對他來說是如此輕而易舉的事情！

驚嘆聲早就在司令室中響起，大多數人都瞪圓了眼睛，不可置信地看著那艘從蟲洞中緩緩駛出的太空船。即便體型如此微小，但此刻，它的存在感勝過了一切。

幽靈號駛出蟲洞後就停在了原地，下一刻，星皇平靜無波的嗓音在很近的地方響起：「雖然不想承認，不過這個白洞真的很完美，以我目前的力量，無法做到完全覆蓋對方呢。」

葉雨宸聽到他的聲音，立刻明白他是怎麼出現的，欣喜地轉過頭，果然看到洛華就站在星皇身邊，此刻正朝他比著勝利的手勢。

「洛……」興奮的大明星剛想說什麼，蘇迪卻一把按住了他的肩膀，用眼神示意他不要輕舉妄動。某人的額頭瞬間滴落冷汗，這才反應過來他和幽靈旅團成員萊恩．洛．華廉早就相識的事情也是隱瞞著宇宙警部的重大祕密之一。

注意到他們之間的小動作，洛華調皮地吐了吐舌，迅速轉開了視線。除了他和星皇外，還有一個全身包裹在連帽斗篷裡的人站在一旁，從身高來判斷，葉雨宸懷疑那是娜塔西亞。

看來，星皇雖然表面上看起來十分輕易地就答應了宇宙警部的求援，但他並不是完全沒有防備，帶著娜塔西亞就是最好的證明。畢竟不久前在地球上交鋒的時候，她可是連薩魯都限制住了。

而對於他們這樣堂而皇之的現身，司令室裡一些從來沒見過幽靈旅團成員的警部們可是嚇了一大跳，一個個瞠目結舌地看著這位傳說中的大人物。

「你需要我們提供什麼說明？」蘇迪按住躁動不已的大明星後，冷靜地向星皇發問。

大敵當前，沒什麼比解決死亡軍團更迫切，所以就連葉雨宸剛才反常的舉動都沒有人注意到。

星皇直視著電子螢幕上的巨大白洞以及已經隱約可見有小型戰鬥機從裡面飛出的景象，平靜地說：「你們應該都很清楚，星際能量的強弱決定了能力發揮的界限，只要有相同屬性的能力者為我輔助，我就可以創造出比那個更大的蟲洞，甚至。我可以試著直接弄一個黑洞，避免他們逃離傳送的可能。」

黑洞，宇宙中的另一種自然現象，會將範圍內的一切物質吞噬，和白洞一樣是一種時空隧道。如果星皇製造的黑洞可以和死亡軍團製造的白洞對接，那麼確實同樣可以做到把那群傢伙送到宇宙的另一個角落，而且短時間不會再出來擾民。畢竟逃離黑洞可比單純穿越蟲洞困難多了，而且天知道出口會開在宇宙的哪個鬼地方。

司令室裡的警部們面面相覷，聽到星皇這種見鬼般的能力，都有些不敢相信自己的耳朵，只有佩里喃喃地開口：「能夠輔助創造黑洞的能力，只有念動力吧？」

「不錯，」聽到少年的低語，星皇讚賞地瞥了他一眼，然後微微揚起嘴角，「你們正好有最佳人選，不是嗎？」

最佳人選？葉雨宸先是一愣，隨即反應過來，額頭滑落一滴冷汗。塔倫號上念動力最強的人，星皇他是在指薩魯嗎？這這這……這個組合也太天雷勾動地火了吧！大爆炸之後全部死光光的那種天雷勾動地火！薩魯根本不可能同意吧！

果然，就像葉雨宸所預料的那樣，星皇的一句話凝固了整間司令室的空氣，警部們全都齊齊看向薩魯，目光中帶著猶豫和驚恐。而被行注目禮的少年，額頭跳出一道巨大的十字青筋，瞪向星皇的眼神只能用「生吞活剝五馬分屍」來形容。

「看來某人並不願意合作呢，難為我這麼大老遠趕過來。既然沒有合作意願，那我們走吧，洛。」

星皇用悠哉的口氣說完，洛華立刻抬手按住他和娜塔西亞的肩膀，三個人以根本無法阻止的速度，就這樣消失在了司令室裡。

「喂……」葉雨宸還想勸兩句，哪裡知道才剛剛開口，視野裡的人已經不見了。

他只覺得胸口一陣發悶，瞪了瞪眼睛，無語地看向臉色鐵青的少年，提高音量問：「薩魯，你就這樣讓他走了？那我們怎麼辦？地球怎麼辦？」

「薩魯，」裘德中將在這時用沉穩的語氣開口，「我知道你心裡不願意，但我們現在別無選擇。我相信，就算是索羅上將現在站在這裡，也會下令讓你協助星皇。」

「哼，軍人以服從命令為天職是嗎？」眼神冰冷的少年面無表情地吐出這句話，他看了蘭瑟上校一眼，突然又大喊道：「星皇，你贏了，給我出來！」

兩秒鐘後，完美如同精靈王子的男人再度出現在眾人眼前，面帶微笑地問：「這艘船上應該有增幅室吧？」

「有，就在艦橋下層。」裘德中將迅速回答，塔倫號再度震動起來，舷窗外的炮火聲變得愈加密集，原本沉悶的聲響漸漸變得刺耳。

「那麼，我們去增幅室，洛倫佐、葉雨宸，你們兩位也一起來。」星皇說完這句話，和洛華、娜塔西亞一起抬起腳步就朝外面走去。儘管塔倫號不斷在晃動，他們卻似乎絲毫不受影響。

意外被點名的大明星眼中閃過驚訝，他還來不及思考星皇的意圖，薩魯已經狠狠朝他瞪了一眼，這才踏著沉重的腳步轉身跟上星皇一行人。

葉雨宸轉頭看向蘇迪，朝他眨了眨眼睛，抬起食指指向自己的鼻尖，無聲地問：星皇為什麼叫我一起過去？

蘇迪的眼底也閃過一絲困惑，他搖了搖頭表示不清楚，隨後淡淡開口：「先去看看再說。」

ALIEN INVASION ALERT! 外星警部入侵注意

>>>CHAPTER.6

外星警部入侵注意

就像佩里所說的那樣，增幅室在艦橋的正下方，從司令室出來就有樓梯通往下一層。小小的艙房面積不大，星皇他們三個人，再加上薩魯、蘇迪和葉雨宸，六個人往艙房裡一站，瞬間就覺得擁擠起來。

宇宙警部地球指揮部也有增幅室，是一間玻璃房，所以葉雨宸本來覺得這種地方都長得差不多，可沒想到，塔倫號上的增幅室完全是另一種模樣。

狹小的艙房裡到處鑲嵌著亮晶晶的寶石，形狀各異，大小也不同，但應該都是由星雲碎片所打造。整座艙房裡沒有燈，但因為布滿了發光的寶石，所以異常明亮。

地面上畫著一個大圓套小圓的符文，在兩個圓圈的相交處擺了兩個坐墊。說是坐墊，卻不是用普通的布料製成，而是某種外星材質，不但從內部隱隱透出光芒，而且清晰地湧動著星際能量。

星皇朝地面上的符文看了一眼後，徑直走到了其中一個坐墊邊盤腿坐了下來，洛華和娜塔西亞則走到他身後，一左一右形成護衛的姿態。

薩魯見狀冷哼一聲，一臉不情願地走到星皇對面的坐墊上一屁股坐下。比起星皇一本正經的坐姿，他根本就懶散得不像話。

「雨宸。」星皇在這時轉頭看向還在好奇地四處張望的大明星，突然變得親密的叫法嚇了葉雨宸一大跳，就連蘇迪都訝異地挑起了眉。

「那枚戒指在你那裡吧？」完全沒有理會自己不按常理出牌的行為給人造成了多大的困擾，星皇自顧自又問道。

葉雨宸用力點了點頭，小跑過去摸出戒指，抓了抓腦袋後有些不好意思地說：「剛才借給蘭瑟上校聯絡你之後，它的樣子就變得有點奇怪，好像沒有原來那麼亮了。」

在滿室寶石光芒的照射下，葉雨宸掌心裡的藍寶石確實顯得特別黯淡，幾乎和黑色沒什麼區別了。

他記得當初星皇說過這枚戒指可以幫助他的母親恢復原樣，那麼也就是說，這枚戒指裡很可能蘊含著某種治癒系的星際能量，可現在，這股能量也許已經被破壞了。

雖然對母親有些抱歉，但葉雨宸始終相信父親能夠治好她，所以這枚戒指如果現在能夠發揮作用的話，他更希望把這份力量用在保護地球上。

星皇接過戒指看了看，微微一笑。「它沒事，蘭瑟上校的力量還不足以對它造成什麼嚴重的影響。」

「你到底想幹什麼？別在這裡賣關子了，再這樣下去塔倫號都要被擊沉了！」

薩魯在這時火大地插了話，從頭到腳都表達著不滿的情緒。他現在被迫要和全宇宙他最厭惡的男人合作，而這傢伙還始終一副很淡定很冷靜的樣子，他到底知不知道他們已經沒有時間了！

是的，隨著白洞中逐漸飛出死亡軍團的前導部隊，塔倫號遭到襲擊的頻率已經越來越高，很明顯，防禦系統已經快要撐不下去了。

雖然薩魯的音量夠大，語氣也足夠挑釁，但是很可惜，作為行動中心的男人並沒有要理會他的打算。

星皇抬頭看著葉雨宸和蘇迪，語氣鄭重地說：「雖然我說了只要薩魯協助我就能製造黑洞，但事實上，如果要把死亡軍團趕回去，還需要你們兩位的力量。」

「我們？蘇迪也就算了，他很厲害的，可是我能幹什麼？」葉雨宸這次反應很快，雖然都是疑問句，可語氣聽起來又驚又喜，好像興奮還比驚訝要多一些。

星皇微微笑了笑，點著頭說：「你應該還記得納達克吧？就是那個會讓你頭痛的人。」

「當然，就算是現在想起來我還是會渾身冒雞皮疙瘩呢。」葉雨宸反應很快，但說完後就露出了驚訝的表情，反問道：「你怎麼連他的名字都知道了？你是無時無刻都在監聽我們這邊的情況嗎？」

他記得之前在加密倉庫裡，那個被抓的女孩確實說過納達克這個名字，他當時也覺得這應該就是死亡軍團那個有著惡魔外形的男人的名字，可星皇又是怎麼知道的？除了一直在監聽他們外，他還真想不出別的可能性了。

這個問題讓薩魯的臉又黑了大半。他是知道星皇經常監聽宇宙裡發生的事，但無時無刻都在監聽可就有點過分了，這個混蛋到底知不知道侵犯隱私也是犯法的？

星皇嘴角的弧度因為這個問題而擴大了幾分，他挑了挑眉，用理所當然的語氣說：「如果不是我在監聽的話，你們可能就要給地球陪葬了。」

一句話說得在場的宇宙警部集體陷入沉默，星皇倒是心情不錯，很快又把話題拉了回來：「納達克的能力是意識攻擊，只要是在意念空間和他交過手的人，他都可以在對方不設防的時候發起偷襲。」

「唔，你說的這個我不是聽得很懂耶。」

儘管很想跟上星皇的思路，但葉雨宸還是很快就敗下了陣來。沒辦法，他的星際科學理論實在太薄弱了。意識攻擊？那是什麼意思？還有意念空間？他真的不是在聽艱澀的硬科幻設定嗎？

頂著一腦袋問號，他習慣性地用求救的目光看向身邊的偉岸身影，可隨即，他就被蘇迪臉上異常嚴肅的表情給嚇到了。

蘇迪往前走了一步，抬手擋在葉雨宸身前，語氣冰冷地問：「你要他進入意念世界幫你阻擋對方的進攻？」

不僅蘇迪明確表現出反對的態度，薩魯的反應更是激烈，少年瞪著眼睛憤怒地吼道：「開什麼玩笑，雨宸沒有這方面的經驗，也沒有戰鬥能力，他怎麼可能做得到！」

星皇點了點頭，冷靜地回應：「是的，本來他確實做不到，但剛才納達克來救人的時候遭到了雨宸的超聲波攻擊。」

納達克來救人的時候……葉雨宸稍微思考了一下，反應過來星皇應該是在說之前在加密倉庫發生的事。

這傢伙果然什麼事都知道啊，記得以前 Alex 說過，星皇可以聽到全宇宙的聲音，可是僅僅憑聲音就能知道一切了嗎？看他現在的樣子，彷彿是親眼目睹了塔倫號上發生的一切一樣。還是說，是因為繼承了米希娜的能力，他變得比以前更厲害了？

蘇迪和薩魯還沒能做出反應，星皇已經再度開口：「你們應該很清楚，意念世界要想保持完整，只有在腦部不曾受到任何傷害的情況下才能做到。但雨宸意外爆發的超聲波攻擊到了他的腦部，所以再次面對的時候，他的潛意識會對雨宸產生懼意。」

「這種事情我當然知道，但即便產生懼意，也不代表他就不敢再次交手吧！如果他對雨宸發起攻擊，你讓雨宸拿什麼去自衛？他甚至可能會死在裡面！」

薩魯的語氣有點抓狂，他簡直懷疑星皇根本就是想要雨宸的命。

意念世界只有念能力達到 Level 7 的人才可以進入，像星皇這種念力強到變態級別的也可以把別人送進去，比如葉雨宸。可問題是，星皇自己要創造黑洞，並沒有餘力去看顧葉雨宸，那他一個人跑進去不是送死是什麼？

他一個菜鳥，而且本身不是念力系的能力者，還要跑去對付那個在加密倉庫裡出現的像惡魔般的傢伙，那個死亡軍團的首領？這用地球的話來說是什麼？蚍蜉撼樹？以卵擊石？不作死就不會死？

誰知道，這邊薩魯已經處於崩潰邊緣，那邊星皇還在火上澆油，一板一眼認真地說：「以目前我對納達克的瞭解來看，他的攻擊意識很強，嗯，所以再遇到的話，絕對會毫不猶豫地進攻。」

「所以你根本就是叫他去送死是嗎?!」薩魯用力握緊了拳，很想就這樣朝星皇的臉轟上一拳，可是他很清楚，他的拳頭在轟上星皇的臉之前一定會被阻止。娜塔西亞，穿著斗篷以為他就認不出來了嗎？可惡，這幫傢伙到底是來幫忙的還是來攪局的？

面對這個問題，星皇直視著大明星的眼睛，平靜地問：「如果你的死能換回地球和塔倫號上的所有性命，你願意嗎？」

很簡單的一個問題，卻無疑在葉雨宸的心湖上投下了一顆大石，他的心臟驟然狂跳起來，瞪著眼睛，下意識反問：「你說什……麼？」

「如果你的死能換回地球和塔倫號上的所有性命，你願意嗎？」星皇以毫無波動的語氣重複了一遍他的問題，他雙眼中的光芒不知道為什麼讓葉雨宸覺得絕望。

冰冷的寒意從腳底升起，葉雨宸的瞳孔劇烈地收縮，他微微張了張嘴，卻發現聲音像被凍結了一樣發不出來。

蘇迪垂在身側的手握緊了拳，雙目中迸射出鮮少流露出的憤怒，盯著星皇冷冷地說：「他不願意，星皇，如果你沒有別的辦法，就不要在這裡浪費我們的時間。」

增幅室的溫度因為這句話而降到了冰點，但星皇迎視蘇迪的目光，沒有絲毫退讓的意思，他繼續開口：「到底是他不願意，還是你不願意？斯科皮斯星的事對你來說還歷歷在目吧？你應該很清楚，很多時候犧牲是必要……」

「住口！我不會再允許那種事發生！」蘇迪就像是失去了理智一般怒吼了起來，他的反應讓薩魯微微睜大了眼睛，不可置信地看向他。

一直都清楚斯科皮斯星的事是洛倫佐內心深處最大的傷痛，可是娜塔西亞還活著，薩魯原本以為他會因為這個好消息而放開一些。可原來，並不是這樣，無論娜塔西亞是否活著，那件事都已經永遠成為他心中無法卸下的重擔。

「蘇迪。」葉雨宸卻在這時用力拉住了他的手臂，在他回頭看過來時皺著眉開口：「我確實還不想死，我覺得很害怕，可如果這是拯救地球唯一的方法，我願意……」

葉雨宸話還沒有說完，蘇迪已經狠狠打斷了他：「閉嘴！我說過了，我不會再允許那種事發生！」

「不是那種事！」見對方明顯有些失去理智，葉雨宸也跟著忍不住提高了音量，超聲波的威力隱隱發作，頓時讓蘇迪愣住了。

大明星深吸了口氣，再緩緩吐出來，握緊蘇迪的手臂說：「我是想說，我願意試一試，星皇說了我有機會，那我就不是百分之百會死。只要有萬分之一的希望，我也不想就這樣放棄。」

「雨宸，你瘋了嗎？意念世界可不是你用信念就可以挑戰過關的地方，你不要相信這傢伙的鬼話，在我看來，你要是去了，就是百分之百送死！」

搶在蘇迪前面，薩魯已經忍不住叫了起來，什麼只要有萬分之一的希望都要試一試，這是事關生死的問題，又不是什麼失敗了還可以重來的事！

這邊薩魯急成了熱鍋上的螞蟻，那邊葉雨宸倒反而冷靜了下來，他轉頭看向星皇，突然咧開嘴角露出個大大的笑容，語氣輕快地問：「那個，星皇，我知道你不希望我去送死的，所以你肯定有什麼後招吧？就像上次那樣，你可以到意念世界來救我的吧？」

葉雨宸話音落下，整個增幅室內陷入一片寂靜，薩魯瞪圓了眼睛一副吃了蟑螂的表情，其他人也都瞠目結舌，就連一直以來應對自如的星皇，居然也被這句話問呆了。

兩秒鐘後，星皇身後的洛華猛地大笑起來，捧著肚子說：「不愧是雨宸，團長，我早就說過他根本不是普通人吧，哈哈哈，太好笑了。」

對於他這個誇張的反應，葉雨宸先是一愣，隨即驚喜地喊了起來：「啊！我猜對了是吧？洛華，你家團長果然是有後招的吧！我……」

葉雨宸興奮的話尚未說完，原本盤腿坐著的星皇忽然直起上身，手臂就像會伸長一樣，食指指尖突然就點上了他的眉心。

葉雨宸只來得及看到星皇的手指伸過來，甚至來不及思考他要幹什麼，眼前就被一陣炫目的彩光包圍，接著雙腿一軟，整個人往後倒在了蘇迪身上。

如此突如其來的變化發生在眨眼之間，葉雨宸失去了意識，蘇迪一把接住軟倒的軀體，瞳孔急速收縮，卻完全做不出任何反應。

趁著他失神的瞬間，星皇抬眼看向他，用彷彿什麼都沒有發生過的平靜語氣開了口：「雨宸的覺悟足夠了，現在就看你的了，神槍洛倫佐。」

蘇迪因為他的話而回過神，不久前瞬間褪去的血色回到了他的臉上，他終於明白雨宸的猜測是正確的，星皇有後招，他並不是要雨宸去送死。

懸著的心似乎在那一刻緩緩歸位，男人暗暗調整了呼吸，迎視星皇的目光充滿了堅定，他並沒有說多餘的話，而是用眼神向對方表現決心。

「你戴著這個，這裡面的星雲碎片可以讓人在意念世界自由使用能力，也就是說，你可以在裡面使用瞬間轉移的能力。」

星皇說著，兩根手指用力在葉雨宸還給他的那枚藍寶石戒指上一捏，寶石的最外層立刻崩裂，露出了裡面亮得驚人的銀藍色星雲碎片。

薩魯看這一幕看得兩眼發直，不為別的，就因為他居然認出了這顆星雲碎片！

這是銀河系非常有名的祕寶，是星雲碎片中十分稀有的可以任意開發能力的品種，自星雲礦區開採出來後就一直由星球安全局保管，但在約莫一百年前莫名失竊了。誰能想到，這麼一樁懸案的主謀，今天居然被他逮個正著？

雖然過去他哥哥奧密爾頓也曾表示懷疑是幽靈旅團盜走了這塊星雲碎片，但由於沒有證據，幽靈旅團又是神龍見首不見尾的角色，所以一直沒能把東西找回來。

如今這塊被星皇做成了戒指的星雲碎片，上面甚至還刻著星球安全局監管的印記！

薩魯的太陽穴不受控制地鼓了起來，他真的覺得星皇這個人實在是太討厭了，明明就是從官方手裡偷走的東西，他居然這樣有恃無恐堂而皇之地拿出來，他是真的篤定官方都拿他沒辦法嗎！

「使用它有什麼條件？」不像薩魯那樣反應強烈，蘇迪雖然也認出了眼前這塊星雲碎片上的印記，但這種時候，他完全沒有心情去追究碎片的來源。從星皇先把雨宸送走再單獨和他說這個道具來看，這塊星雲碎片用起來絕對不是那麼簡單的。

星皇似乎對於他的反應很滿意，臉上流露出欣慰，點了點頭說：

「即便借用星雲碎片的力量，你在意念空間停留的時間仍然有限，而且待得時間越長，你會越覺得難受。此外，所有意念系能力者在察覺到自己的意念空間被人侵入時，都會立刻關閉空間出入口。所以當你要帶雨宸出來的時候，不僅需要使用瞬間轉移把你們兩個的意識帶回肉體，而且需要使用時空手杖停止時間，只有時間停止的時候，那個人對意念世界出入口的控制力才會暫時消失。」

這一次，星皇的解釋可謂很徹底，然而，隨著他一句句話說出口，薩魯的眼瞳漸漸睜大，額頭冒出的冷汗也越來越多。

搞什麼，原來說了半天，星皇不是讓雨宸去送死，而是讓洛倫佐去送死！

非念力系能力者進入意念空間，精神上本來就會承受很大的壓力，而在裡面使用能力，更是會對肉體造成極大的損害，不要說洛倫佐還必須使用兩種能力！

「不行，他今天已經用過時空手杖了，到意念空間用第二次，回不來的人會是他。」

堅定的否決，卻沒有得到當事人的應和，增幅室裡很安靜，星皇和他身後的人都注視著蘇迪，簡直就是把他當成空氣了。

薩魯感覺自己真的要抓狂了，他狠狠瞪向蘇迪，大吼道：「你在想什麼？為什麼不拒絕！你應該也很清楚這樣做的後果吧！你就算能把雨宸救回來，你自己的意識也回不來，你會陷落在意念空間的夾縫裡！」

少年拔高的音量直刺耳膜，本應震動人心，但此時此刻，效力卻顯得很微弱。

蘇迪默默低頭看了一眼手裡的戒指，星雲碎片不斷流竄著銀藍色的光，那裡面湧動的星際能量彷彿正在與什麼發出共鳴，隱約發出如同心臟跳動般的聲音。

「洛倫佐！」見他沒有反應，薩魯焦躁地又喊了一聲。

蘇迪抬起了頭，他朝薩魯看了一眼，眼神很平靜，幾乎沒有絲毫波動。薩魯的心卻一下子懸了起來，很多年前，他也見過洛倫佐露出這樣的神情，在他們兩個準備從那顆陌生的不知名小行星飛回尤塔星的時候。

那是決定平靜接受命運，不再有一絲一毫猶豫和退卻的眼神。

「看來你下定決心了。」星皇微微勾起了嘴角，這一次，他的笑容看起來有些狡猾。

薩魯的呼吸變得急促起來，他一把拉住蘇迪的手臂，還想說什麼，蘇迪卻搶在他前面開了口：「薩魯，其實我從不認為軍人應該以服從命令為天職。不管是現在，還是三十年前救你，我都是聽從自己的心在做決定。」

淡淡的一句話讓薩魯猛地睜大了眼睛，他的臉上浮起了一絲茫然，抓著對方的手也漸漸鬆開了。蘇迪朝他微微笑了笑，突然伸手用力按了按他的腦袋，然後把戒指戴到了左手的中指上。

「洛倫佐。」不算陌生的女聲在這時響起，一直穿著斗篷不曾露出真面目的娜塔西亞開了口：「無論在什麼情況下都不要放棄希望，在意念世界戰鬥的話，勝利只會屬於意志最堅定的人。」

說著這句話的人並不曾摘下斗篷上的帽子，但即便看不到她的臉，蘇迪還是感受到了從她身上傳遞過來的力量。因為在過去他們曾經搭檔的那些日日夜夜中，他們也是這樣給予彼此力量和信念。

沒有應話，蘇迪看向星皇，用眼神催促對方快點行動。

對於他平淡的反應，星皇似乎覺得很無趣，撇了撇嘴乾巴巴地說：「那麼，最後讓我提醒你一句，意念世界的時間比現實快數十倍，希望在我們聊天的這幾分鐘裡，雨宸還沒有遇到危險。」

一句話打破了蘇迪臉上的平靜，男人倏然睜大了眼睛，可是這一次，他沒來得及提出質疑，因為星皇的食指已經以迅雷不及掩耳的速度點上了他的額頭。

蘇迪驟然倒下，而原本站在星皇身後的洛華則瞬間轉移過去，伸手接住了他。

薩魯看到他的動作先是一愣，隨後突然反應過來什麼似的，惡狠狠瞪著星皇問：「你身邊明明也有能做到瞬間轉移的人，為什麼一定要洛倫佐去？別和我說是因為時空手杖的關係，你那裡多的是道具可以代替時空手杖吧！」

「你說得沒錯。」出乎薩魯意料的是，星皇居然很大方地承認了，他原本以為這個狡猾的男人至少會分辯一下他的道具不是拿來做這種事的。

少年的太陽穴暴起一根青筋，握成拳的手因為太過用力而隱隱顫抖，他咬著牙又問：「那到底為什麼？」

星皇因為這個問題高高揚起了眉梢，他挺直背脊坐正身體，雙手自然地放在膝蓋上，緩緩閉上了眼睛。片刻後，他額頭上的符文隱隱開始發光，強大的星際能量從他周身溢出，瞬間充斥了整個增幅室。

以為他又打算無視自己的問題，薩魯幾乎咬碎一口銀牙，但此時此刻，除了幫忙製造黑洞，他已經沒有其他選擇。

少年強壓下心頭湧起的怒火，將手掌覆住地面上的符文，隨著他釋放星際能量，符文開始發光，很快，他和星皇就被自符文中升起的銀光包圍了。

而能量連接起來的瞬間，星皇的嘴角揚起了一個高深莫測的笑容，同時淡淡開口回答了薩魯的問題：「很多事情，是只有關係親密、互相信任的兩個人才能做到的。」

聽到這句話的少年，額頭上跳出一道巨大的十字青筋。

這個混蛋，他的意思是自己和洛倫佐的關係沒有雨宸和洛倫佐的關係親密嗎？到底誰給他的自信說出這麼不負責任的話？

可是，為什麼聽到這句話的瞬間，雖然內心十分氣憤，他卻無法說出反駁的話語呢？

ALIEN INVASION ALERT!

外星警部入侵注意

>>>CHAPTER.7

外星警部入侵注意

葉雨宸能夠感覺到自己恢復了意識，眼皮很沉重，但身體卻意外的很輕鬆，他試著移動了一下手指，指尖觸及到的是一片柔軟的草葉，這讓他覺得有點驚訝。

失去意識前的事都還歷歷在目，他記得他應該是被星皇送到了意念空間，可是意念空間裡為什麼會接觸到類似草地的感覺？

這樣想著，他努力睜開了眼睛，預想的藍天白雲並沒有出現在視野裡，取而代之的，是一片猙獰灰暗的岩壁。

岩壁？葉雨宸茫然地眨眨眼，其實在聽星皇提到意念空間的時候，他已經想像過無數種意念空間的樣子，可似乎哪一種，都和他現在看到的不一樣。

這裡沒有天空，視野裡只有一望無際的岩壁，灰暗壓抑的氣氛充斥了整個空間，那些岩壁彷彿隨時會塌下來似的，讓人忍不住心跳加快。

地面上聳立著一座座石像，那些石像異常高大，看起來都是人型，卻沒有臉，腦袋的部位是一片空白，甚至連五官的模糊輪廓都沒有。

人型的石像足足有兩個葉雨宸那麼高，寬度也足以容納三個他，走在這些人型石像群裡，就彷彿是在走一個看不到盡頭的迷宮。

地面上確實有很多草皮，但並不是整塊，而是東一塊西一塊零零散散鋪在地上，形成了一幅很奇怪的畫面。而草皮鋪不到的則是凹凸不平的岩石地面，和周圍的環境倒是十分契合。

然後葉雨宸聞到了一股很奇怪的味道，像是某種魚腥味，又夾雜著海水的鹹味，從很遠的地方飄了過來。那股味道就像是在牽引他一樣，他的雙腿不由自主地就朝那個地方邁開了。

「雨宸，別過去！」

不知道走了多遠，在經過一座人型石像時，一道女聲突然在腦海中響起，瞬間讓葉雨宸瞪圓了眼睛。那是他再熟悉不過，但已經很多年沒有聽到過的聲音！

「媽媽！」原本被氣味吸引，隱約有些失神的人瞬間清醒過來，高聲叫了起來。

但是，期待中的回應並沒有響起，葉雨宸在繞著石像轉了兩圈後，再次大聲喊道：「媽媽，是妳嗎？我是小宸啊，妳在哪裡？」

話音落下，一陣風聲從背後傳來，伴隨著的還有一陣隱隱約約的腳步聲，葉雨宸的心臟瞬間狂跳起來，他屏住呼吸，急切地轉過身，激動地喊道：「媽，妳怎麼……」

熟悉的身影沒有出現，取而代之的是一支急速飛來的長矛，筆直投向他的胸口！

那一瞬間，急劇上升的腎上腺素讓身體自動做出反應，葉雨宸往右邊一撲，整個人在地上一滾，躲到了一塊石像後面。

為了防止摔得太慘，他的手下意識地扶住了石像，然而，在那一瞬間，陌生的畫面猛然衝入了腦海中！

那是一個看起來像是宇宙空間站的地方，但到處堆滿了已經變成破銅爛鐵的飛船殘骸，有衣著奇怪的人在殘骸堆裡走來走去，背上還背著個大袋子，像是在尋找什麼東西。

看到那一幕的瞬間，葉雨宸的腦海中跳出一個曾經聽到過不止一次的名字——沉船墓場。

腦海中的畫面還在變化，視線的主人在朝那個找東西的人走近，然後一個飽含了感慨的聲音響起：「這就是幽靈號啊，真是想不到，那傢伙居然會落到這種下場。」

找東西的人回過了頭，那是個留著犀利短髮、長相十分英氣的女孩子，而且，她的耳朵是尖尖的，額頭上也有符文印記，看起來和星皇出自同一個外星種族。

她的表情看起來有些冷酷，紅色的眼睛裡帶著凍人的溫度，冷冷地說：「我早就知道會有這麼一天，從那個人離開美塞隆星開始。

他……」

後面的話沒能聽下去，因為第二支長矛飛了過來，瞬間砸穿石像的側緣，筆直射向葉雨宸的心口！

即便已經在第一時間做出反應向一側滾開，躲避的身體還是慢了一步，長矛擦過葉雨宸的左臂，輕易劃開了制服，刺出一連串的鮮血！

顧不上震驚和害怕，也來不及思考為什麼會從人型石像上感應到那些畫面，此刻的葉雨宸，已經遠遠地看到了那個外形如同惡魔的男人！

就在隔著十幾座石像的地方，納達克正氣急敗壞地看著他，並且不斷投出長矛！那些長矛彷彿是他的意念化成，明明是空手，可舉起來的時候，長矛就會瞬間出現。

葉雨宸的腦子一片混亂，他現在唯一的念頭就是逃，可是，當他在經過另一座石像，並且不小心伸手碰到對方的時候，他猛地停下了腳步，殘留意識感知到的畫面讓他震驚地瞪圓了眼睛！

那是他再熟悉不過的記憶，海邊，英俊的父親，可愛的男孩。那是他小時候，爸爸帶他們去海邊度假的畫面，他和爸爸在水中嬉戲的時候，媽媽就站在沙灘上看著他們。

毫無疑問，他感應到的視角，正是來自於他的母親！

「媽！」葉雨宸轉身用雙手抱住石像，臉上浮起了明顯的慌亂。為什麼這個人型石像上會有屬於媽媽的記憶？剛才在腦海中叫他的人，就是這個石像嗎？

「媽媽，妳在這裡面嗎？回答我！」仰起頭，他很努力想要看清人型石像的臉，可那張模糊的面容實在無法和他的母親聯繫起來。

又一根長矛插到了腳邊的地上，甚至刺穿了石像的腿部，葉雨宸的心臟猛地一跳，咬了咬牙，迅速轉身離開了那座讓他充滿了無數疑問的石像。

先不管媽媽是不是在裡面，如果石像被毀了，那可能就什麼都沒有了。抱著這樣的念頭，他迅速躲到了另一座石像後面，並且朝石像越來越密集的地方跑了過去。

空氣中的腥味在逐漸變濃，葉雨宸一口氣跑出去好遠，直到喘不過氣了，才停下來靠著一座石像休息。缺氧的大腦因為那股奇怪的味道變得遲鈍，他閉上眼睛，盡量讓自己的呼吸平靜下來。

漸漸的，空氣中的味道似乎不再難以忍受，他整個人彷彿和環境融為了一體，連呼吸聲都變得幾不可聞。

大腦在這個過程中飛速運轉著，葉雨宸意識到，星皇之所以選他來這個地方，可能並不僅僅是像之前說的那麼簡單。他剛剛已經試過，在這個環境下，他的超聲波根本無法發動，星皇真正要他來使用的，應該是他的心靈感應能力。

這些石像身上有祕密，而星皇希望他解開這個祕密。

明明處於危機之中，葉雨宸卻意外地冷靜了下來，他豎起耳朵仔細傾聽，確定暫時沒有追擊的聲響，這才用掌心去撫摸身後的石像。

陌生的畫面又湧進了腦海中，那是一個截然陌生的星球，更準確地說，已經不能算是星球了。遍地都是屍體和飛船殘骸，流著淚的女人和孩子們在瘋狂吶喊，身受重傷卻還無法死去的戰士們倒在地上，握緊了拳頭滿臉悲憤，卻什麼都說不出來。

視線的主人似乎是不忍心看到那一幕幕淒厲的畫面，視角漸漸往下轉，最終停在了自己的腳面。

不，那已經不能算是一雙腳了，各式武器的碎片橫七豎八地插在他的雙腳上，將他整個人釘在地面上，他的腿部也已經沒有一塊完整的皮肉，鮮血染紅了他腳下的大地，也染紅了葉雨宸的整個視線。

石像主人的記憶畫面是那麼的慘烈，以至於葉雨宸在看到那一幕的瞬間，心臟尖銳地痛了起來。

緊接著，一股強烈的怨恨和悲痛突然湧入腦海中，他的心臟劇烈地跳動起來，渾身的血液更是彷彿沸騰般衝向大腦，身體迅速發熱，整個人難受到彷彿要爆炸了！

再也無法忍耐，葉雨宸收回了按在石像上的手掌，脫力般歪倒在了地上。到這一刻，他才發現自己不知什麼時候早已汗流浹背，劉海被汗水打濕，一縷縷貼在了臉上。

呼吸早就變得紊亂，他抬手捂住嘴，深怕自己變重的呼吸聲把納達克引過來。等了片刻，四周依然靜悄悄的沒有動靜，他這才慢慢起身，小心地挪到了另一座石像後面。

意識到自己會受感應到的記憶影響，這一次，他不敢再過於深入，而是簡單用手碰了碰石像，就收了回來。

嘗試接觸了好幾座石像後，出現在腦海中的不同畫面讓他忍不住猜測，這裡的每一座石像都是一個人，不知道他們是否還活著，但有極大的可能，他們的意識被困在了這個意念空間裡。

而從他感應到的記憶來看，這裡的人基本上都來自被死亡軍團毀滅的星球。例外的，只有他的母親，還有最早他感應到的出現在沉船墓場的人。

先不論媽媽為什麼會在這個意念空間裡，沉船墓場的那兩個人，好像當時提到了幽靈號和美塞隆星？如果他沒有記錯的話，美塞隆星不正是星皇的母星嗎？這麼說來，他們認識星皇？難道星皇要他來找的就是那個人嗎？

可是，就算找到了，他要怎麼救他們呢？這裡的人是怎麼變成石像的？他又要做什麼，才能把他們帶出這裡？

葉雨宸的腦海中出現了無數的疑問，他現在很想當面問一問星皇這一切到底是怎麼回事，可是他也知道，星皇現在有更重要的事要做。

既然星皇選擇了他，那麼就說明他可以辦到星皇希望他做的事，抱著這樣的信念，葉雨宸緊靠著身後的石像，緩緩站起了身。

這個意念空間裡一定還有線索，他必須在有限的時間裡搞清楚這一切。

似乎是因為他下定了決心的關係，原本因為那些殘存記憶而引起的不適感漸漸消失了，葉雨宸深吸了口氣，平移腳步從石像後走出來，決定到別的地方去看看。

然而，就在他轉過身想走時，強烈的腥氣灌入鼻腔，更可怕的是，納達克惡魔般的面孔近在咫尺，正用那雙隱藏在面具後的眼睛緊緊盯著他！

剎那間，劇烈的疼痛感在腦海中炸開，葉雨宸一下子跪倒在地，雙手抱住腦袋大叫起來，之前無法發出的超聲波居然在這一瞬間炸開，聲音的脈衝狠狠襲向納達克，讓他的表情變得萬分猙獰，並且發出了憤怒的吼聲。

一支長矛在頃刻間插下，因頭痛而無法躲避的葉雨宸只感到一陣錐心般的劇痛，再一看，長矛刺穿了他的右腿，深深插入了岩石地面。

超聲波中斷了，滿頭冷汗的葉雨宸痛得渾身發顫，喉嚨裡再也發不出半點聲音。

納達克咬著牙朝他走近，最終停在他身前，一把掐住他的咽喉，將他整個人提了起來。長矛更深地刺入了肌肉，鮮血不斷湧出來，葉雨宸痛得眼前發黑，兩手拚命想掰開對方的手掌，卻發現無論怎麼用力都是徒勞。

「說！星皇那個混蛋，他是怎麼把你送進來的！」

咆哮的問話衝入耳膜，葉雨宸只覺得耳邊嗡嗡作響，肺裡的空氣很快就耗盡了，他的臉漲得通紅，整個人彷彿快要爆炸。

意識快要消失的時候，一股熟悉的帶著海洋氣息的淡香飄入了鼻腔，那一瞬間，葉雨宸無力的眼皮猛地睜開，瞪大了眼睛驚訝地看著蘇迪從一座石像後面閃了出來。

男人一臉殺氣，猛地一個後旋踢，重重踢向納達克的側腰！

眼看攻擊就要得手，卻在千鈞一髮之際，納達克彷彿察覺到了來自背後的偷襲，他丟開葉雨宸，整個人猶如彈簧般，瞬間往後躍開好遠，閃過了蘇迪的攻擊。

葉雨宸下墜的軀體落入一道溫暖的懷抱，然而，那懷抱的主人正在微微發抖，冰冷的面容上也隱藏著無盡的後怕。

「忍著點。」

低語聲在耳畔響起，葉雨宸明明痛得臉都扭曲了，卻還是忍不住微微勾起了嘴角。實在太意外了，居然會在生死攸關的時候，看到蘇迪來救他。

好像每一次都是這樣，費利南德那時候是這樣，遇到薩魯那時候是這樣，他被丟出幽靈號的時候也是這樣。明明並不希望自己成為被保護的人，可被這個人保護，他卻一點不甘心的感覺都沒有。

蘇迪握住長矛的手背上暴起青筋，在看到葉雨宸的笑容後，他眼中忽然湧起無邊的暗潮，沒有再說什麼，他用力拔出了那根深深插在葉雨宸腿裡的長矛。

「唔！」劇痛讓葉雨宸渾身打顫，一下子抱緊了蘇迪的肩膀，身體緊貼的瞬間，兩個人憑空消失，而從納達克手中擲出的長矛，則插在了他們消失後留出的空地上。

瞬間轉移讓葉雨宸產生暈眩的感覺，但蘇迪身上的味道又讓他很快清醒過來，睜開眼，入目的是蘇迪緊皺的眉心，正想說什麼，對方接下來的動作讓他驚訝地瞪大了眼睛。

男人先是迅速脫掉了身上的制服外套，接著又開始脫襯衫，而襯衫下裸露出來的，是他線條分明的完美肌肉和強韌身形。

葉雨宸覺得鼻腔有點發熱，雖然他也一直很注重健身，身材在男明星裡也算絕對的佼佼者，但和眼前這具誘人的胴體相比，他就有點小巫見大巫了。

可惡，這傢伙到底是怎麼鍛煉的啊，他的身材比例怎麼能如此完美？看那發達的胸肌、健壯的背肌、完美的倒三角身材，真是的，感覺口水都要流下來了怎麼辦！

蘇迪正在撕扯他的襯衫，可一抬頭看到葉雨宸的表情，儘管他再泰山崩於前而不改色，此刻也不禁滿頭黑線，忍不住一個爆栗敲在對方頭上，壓低聲音質問：「都什麼時候了，你到底在想些什麼！」

葉雨宸低呼一聲抱住頭，不服氣地反擊：「是你先脫衣服引人遐想，怎麼還問我在想些什麼？」

「我是要幫你包紮，你想在這裡把血流光嗎！」

「啊，原來是這樣啊，那我倒真是沒想到，啊哈哈哈。」

乾笑的大明星撇了撇嘴，低頭看向自己的右腿，隨即倒抽一口冷氣，驚呼起來：「蘇迪蘇迪，你看！」

被他一下子抱住手臂，導致力氣沒控制好直接把襯衫撕成兩半的蘇迪額頭冒出一道十字青筋，怒道：「看什麼看，我知道傷口肯定很嚴重，所以才要立刻包……」

沒說完的話自動消音，蘇迪愣愣地看著葉雨宸的腿，半晌都沒法繼續開口。

原本應該嚴重撕裂，他預估連骨頭都會露出來的傷口竟然完全消失，甚至連一丁點的傷痕都沒有留下。如果不是褲子破得很徹底，外加腿上和褲子上都還殘留大量血跡，根本看不出那裡曾經受過傷！

葉雨宸同樣滿臉不可置信，用手摸了摸他的腿，接著突然想起什麼似地急著去看他的左手臂，嘴裡喃喃地說：「對了，我之前也被長矛劃傷過，當時很痛，後來就沒感覺了，我還覺得奇怪怎麼不痛了呢。」

果然，原本被長矛劃傷的手臂現在也已經復原如初，只留下了幾條乾涸的血線。

儘管不知道為什麼會產生這樣的變化，葉雨宸還是一下子變得興奮起來，化身星星眼，激動地對蘇迪說：「在這裡我的傷口會自動復原，那是不是也代表我不會死？」

蘇迪已經從驚訝中回過神，此刻冷冷地看著整個人彷彿會發光的某大明星，語調冰冷地問：「你受傷的時候會痛嗎？」

「會啊，很痛呢。」想起不久前被長矛貫穿腿部的情景，葉雨宸還是心有餘悸，拍了拍心口，臉上的光也黯淡了些。

蘇迪朝他翻了個白眼，沒好氣地說：「所以傷口會復原和不會死根本就沒什麼直接關聯，還是你要去死死看？」

一句話給葉雨宸澆了好大一盆冷水，大明星冷哼一聲，決定無視這個尖銳的問題，按著搭檔的肩膀站起身，轉頭朝四周看去。

他們現在到了一片廢墟，周圍幾乎全是碎裂的大小石塊，但奇怪的是，石塊之間還夾雜著一些很奇怪的碎片。而這片區域的天空被厚重的烏雲遮蔽，光線十分昏暗，只能勉強看到周圍十幾公尺的地方。

葉雨宸往前走了幾步，撿起其中一塊碎片，皺著眉問：「我們現在還在意念空間嗎？」

蘇迪跟著他的腳步，回答道：「嗯，這裡好像很大，我也不清楚我們在什麼位置。」

「你看看，這是什麼碎片？」葉雨宸把手裡的東西遞到蘇迪眼前，他總覺得他好像快要抓到什麼重點了。

蘇迪先前顯然還沒有注意到那些夾在石塊中的東西，此刻只看了一眼，立刻露出了驚訝的表情，「這是太空船的碎片，為什麼會出現在這裡？」

「果然是嗎？」

「你猜到了？」

「嗯，我好像大概有點明白這個意念空間是怎麼回事了。」

葉雨宸的語氣很認真，蘇迪雖然很意外他會這樣說，但還是露出願聞其詳的表情，耐心等著他繼續說下去。

「剛才我們離開的那個地方不是有很多石像嗎？那些石像很有可能是某些人的殘存意識，因為我在每個石像上都能感應到不同的記憶，而且他們大多數都是被死亡軍團毀滅的星球領袖。這個意念空間應該是惡魔用來拘留那些殘存意識的地方，那麼，為什麼不直接殺掉那些人，而是要拘留他們的意識呢？」

葉雨宸一邊眉飛色舞地說著，一邊帶領蘇迪繼續往前走。這片廢墟很大，但只有一塊區域出現了太空船的碎片，他們之後在別的區域又發現了一些和周圍環境格格不入的東西。

蘇迪在沉思了片刻後推測道：「他有不能殺這些人的理由，極大的可能，他需要吸收他們的力量。」

「沒錯！我也是這樣想的！」見搭檔和自己做出了同樣的猜測，葉雨宸高興地揮了揮拳，接著說：「他需要吸收他們的力量，所以不能讓他們死，但問題是，他拘留的這些人都是很厲害的能力者，隨著時間的推移，他們的殘存意識也漸漸開始影響這個意念空間。這就是為什麼這裡經常會出現和周圍格格不入的東西，那都是殘存意識導致的。」

蘇迪在聽到這段話後陷入了長久的沉默，說實話，他完全沒想到葉雨宸在這種危機時刻居然能想到這麼多，而且居然想得很合理。

投過去的視線忍不住帶上了讚賞，蘇迪微微勾起了嘴角，語調揶揄地開口：「你能想出這麼符合邏輯的推理，實在很出乎我的意料。」

「哼嗯。」葉雨宸臉上浮起得意，完全把調侃當誇獎，繼續說：「之前我接觸過的石像中，只有兩個人的記憶和戰爭無關。而且其中一個人很明顯認識星皇，所以我懷疑，他把我們弄到這裡來，並不僅僅是為了阻止惡魔進攻他，而是要我們把那個人救出去。你知道要怎麼才能把殘存意識救出這裡嗎？」

這個問題讓蘇迪愣了愣，他的眼眸微微睜大，隨即苦笑著開口：

「那個混蛋，看來他早就計畫好了一切。」

「這麼說來你真的知道？」

「沒錯，很久之前我和奧密爾頓曾經聯手追捕過一個S級通緝犯，那傢伙恰巧也是意念系的能力者。當時我被拘入過意念空間，是奧密爾頓救了我。」

雖然蘇迪的語氣很坦誠，但葉雨宸還是驚訝地瞪圓了眼睛，好奇地問：「你居然還有被拘入意念空間這樣的黑歷史？那時候你多大？」

蘇迪毫不客氣地朝他翻了個白眼，但還是回答了他的問題：「和薩魯剛來地球的時候差不多大。」

「那不是小孩子嗎？」

「需要我再提醒你一下所謂的長壽星人的成長規律嗎？」

「所以你和奧密爾頓也和薩魯一樣，是所謂的神童了？」

「神童這個詞可不足以形容我們。」

顯然，蘇迪覺得地球用語的 Level 有點低，而葉雨宸扯了扯嘴角，乾笑了幾聲。

兩人對視了一眼後，蘇迪挑起眉梢問：「不想知道怎麼救人嗎?事先聲明，那並不是我可以做到的事。」

葉雨宸眨了眨眼睛，認真地看著他，等他繼續說下去。

蘇迪轉頭朝四周看了一眼，沉聲說：「我們現在所在的意念空間是一階意念空間，而你從石像上感應到的並不是記憶，而是困住殘存意識的二階意念空間。只要能夠喚醒沉浸在二階意念空間裡的殘存意識，他就能脫離這裡，回到本體去。」

「那要怎麼才能喚醒他們呢?」

「用奧密爾頓的話來說，殘存意識被拘的人就像在做一個無盡迴圈的夢，所以只要強行殖入意念，讓被困的人意識到那是夢境而不是現實，他們就能醒過來。」

「唔……」葉雨宸托著下巴露出了略顯遲疑的表情，雖然蘇迪說的每一個字他好像都理解啦，可問題是，要怎麼才能殖入意念呢？

離開地球前的特訓裡可沒有這一項啊，他就知道蘇迪這傢伙是在耍他，根本就沒要好好訓練他的意思嘛。你看看，現在要真刀真槍上陣了才發現知識缺失，簡直就是在打臉嘛。

這樣想著的時候，頭頂突然傳來一股熱力，葉雨宸楞了楞，這才發現是蘇迪把掌心按在了他的頭頂上，熟悉的性感男低音嘆息著響起：「沒有教你太多東西，是不想讓你承擔太多你不該承擔的責任。就像現在，這並不是你應該來執行的任務。」

心頭因為這句話湧起一股暖意，葉雨宸忍不住勾起了嘴角，轉過頭眨了眨眼睛，笑容燦爛地說：「謝謝你，蘇迪，總是為我著想。但現在看來，我也已經是你們不可缺少的一員了，我很高興能承擔這些責任。」

單純的話讓蘇迪不禁輕嘆了口氣，再度揉了揉他的腦袋，這才接話道：「你在進入二階意念空間後要找一個能夠和你目光相交的人，然後集中注意力對視，有很大的幾率，你的意識可以轉到對方身上。這樣一來，你就可以利用他去做一些和重複夢境不一樣的事。」

他的話讓葉雨宸驚訝地瞪圓了眼睛，抬手指著自己的鼻尖問：「這種事我真的可以做到嗎？」

「事實上我也很懷疑，不過以星皇的性格，他應該不會讓你做你做不到的事。」

一句話讓葉雨宸淚流滿面，他不甘心地追問：「所以相比之下，其實你是比較相信星皇嗎？」

蘇迪斜睨他一眼，涼涼地說：「不要問自取其辱的問題。」

深感委屈的大明星轉身蹲下在地上畫起了圈圈，蘇迪哭笑不得地看著他，用力把他拽起來，挑眉說：「雖然我是比較相信星皇的判斷，但現在唯一可以去執行任務的人是你。」

「可我怕我做不到。」撇了撇嘴，葉雨宸的語氣充滿了怨念，可看著蘇迪的眼神裡卻分明寫滿了期盼，那表情彷彿在說：快給我鼓勵，快點多誇誇我！

孩子氣的反應讓蘇迪滿頭黑線，嘴角抽動了好幾下，他才開口：「我相信你能做到，畢竟，如果單就超能力的訓練時間來說，你也可以算是神童級別了。」

果然，這句話說完，葉雨宸臉上的沮喪立刻一掃而光，整個人變得容光煥發起來，拍著蘇迪的肩膀說：「嗯嗯，你說得非常有道理，那我們這就出發吧，我一定會把人救出來的。」

把人救出來？蘇迪因為這句話楞了楞，一把搭住葉雨宸的肩膀問：「所以你的意思是，星皇把我們弄到這裡來並不是要幫他抵擋攻擊，而是來救人的？」

葉雨宸聞言也愣了一下，隨後納悶地說：「是啊，我是這樣理解的啦。因為那傢伙不是一直在這裡嗎？那還怎麼去進攻星皇呢？唔，這麼說起來確實很奇怪啊，他既然在這裡，要怎麼控制白洞指揮死亡軍團啊？怎麼想都不對勁呢。」

葉雨宸的話讓蘇迪倏然睜大了眼睛，他抬頭看向漆黑的天幕，驚訝地低語道：「那傢伙，該不會……」

「呵。」

天空中突然傳來一聲低笑，葉雨宸嚇了一大跳，整個人一下子縮到了蘇迪身後。

蘇迪則有些惱火地握緊了拳，瞪著天空沉聲問：「星皇，是你嗎！」

「你們兩個果然很有趣，真的不考慮加入我們幽靈旅團嗎？」

這一次，天空中清晰地響起了星皇的聲音，那明顯帶著調侃的音調讓葉雨宸一臉驚恐，急切地應話：「喂喂，你小聲一點，別把惡魔引過來了！」

「放心吧，他不會過來的，反正你們肯定會回去。」

星皇的語氣很篤定，聽得蘇迪太陽穴暴起一根青筋，這傢伙，根本就是從頭到尾都在算計他們！

葉雨宸沒有蘇迪那麼大的反應，聽到惡魔不會過來，頓時放下心來，神情激動地問：「所以我們剛才的猜測是對的嗎？你是要我們來救人的？其實他根本攻擊不到你？」

「不是他攻擊不到我，而是我主動侵入了他的意念空間，不過原本我也沒想到居然會如此順利，只能說，勝利的天平確實在向我們傾斜。」

「所以我們現在是在他的意念空間裡？你不但侵入了他的意念空間，還把我們兩個也送進來了？天哪，你到底是怎麼做到這麼厲害的事的……」

儘管葉雨宸的音量越來越小，但蘇迪還是非常不滿他語氣中的崇拜，暗中捏住了他的後腰，冷冷瞥了他一眼。

葉雨宸痛得龇牙咧嘴，立刻收起眼中的崇拜，擺出一張正經嚴肅的臉。

星皇的聲音繼續從天空中傳來：「我是怎麼做到的並不重要，重要的是，你們需要我阻止死亡軍團入侵銀河系，而我需要你們幫我救人。」

「這種事你自己就做得到吧，為什麼一定要我們來？」蘇迪在這時沉聲插話，從他的表情來看，對於被星皇玩弄於股掌之中這件事，他非常非常不爽。

「我這麼做當然有我的理由，但你確定要浪費時間現在來聽我解釋嗎？」

星皇的話很悠哉，蘇迪卻在裡面嗅到了一絲危險的味道，他的眉心微蹙了起來，再度發問：「我們還能在這裡待多久？」

「你終於意識到問題的重點了，低頭看看你手上的戒指，當寶石徹底失去光澤，你們的時間也就到了。」

星皇的語調帶著笑意，蘇迪低頭看向手上的戒指，果然比起他出發前，戒指上的藍寶色已經黯淡了不少，那裡面湧動的星際能量彷彿正在飛快消散。

而到此刻才意識到問題嚴重性的葉雨宸則臉色有點發白，顫聲問：「什麼意思？我們待在這裡的時間是有限的？那如果超時了會怎麼樣？」

「會掉進意念空間的夾縫。」

「那我們現在應該怎麼辦？救了人之後呢？」

「之後的流程，我已經告訴過洛倫佐了。」

葉雨宸因為這句話抬頭看向蘇迪，但蘇迪並沒有要向他解釋的意思，而是繼續問星皇：「按照你之前的說法，納達克一旦察覺到入侵，就會關閉意念空間的出入口，那為什麼你還可以跟我們對話？」

「啊，或許是因為我想提供售後服務的決心太大，他也無法阻止我吧。」星皇的話像極了在開玩笑，可不管是蘇迪還是葉雨宸，現在顯然都沒有跟他開玩笑的心思。

而在兩人回話之前，星皇已經自顧自地再次開口：「好了，黑洞就要打開了，我要先走了，祝你們一切順利。」

話音落下，原本盤旋在天際的厚重烏雲忽然漸漸消散，光線亮了起來，明明是象徵光明的景象，落到葉雨宸眼中，不知道為什麼讓他的心臟沒來由地漏跳了一拍。

「我們走。」蘇迪在這時按住了他的肩膀，說話的語氣很沉，彷彿下定了什麼決心。

葉雨宸忽然覺得有點不安，他反手按住蘇迪的手臂，看著他的眼睛問：「我們要怎麼離開這裡？星皇和你都說了什麼？」

「現在不是解釋這些的時候。」

「那如果我們沒有救人就離開呢？」

「有很大的可能，他會立刻關閉黑洞，任由我們和地球被毀滅。」

「什麼？」葉雨宸驚呼起來，不可置信地問：「星皇不會這樣做吧？」

看著他滿臉驚詫，彷彿自己說了什麼天大的謊話，蘇迪沒來由地有點火大。這傢伙，怎麼感覺現在一顆心全撲到星皇身上去了，那個混蛋就比自己更值得信賴嗎？

為什麼自從認識了星皇，雨宸就總是要質疑自己說的話？尤其是和星皇有關的話？

天知道，葉雨宸心裡根本沒考慮過信賴的問題，他只是單純覺得，星皇不可能眼睜睜看著他們和地球被死亡軍團毀滅。

哪怕幽靈旅團並不懼怕死亡軍團，可銀河系到底是他們的故鄉，星皇這個人就算表面冷酷無情，可實際上是很護短的一個人，所以他不可能放任死亡軍團入侵。

各懷心事的兩人在對視了十秒鐘後，蘇迪沒有耐心再和他糾纏，發動能力，帶著葉雨宸回到了石像聚集的區域。

而正如星皇所說的，惡魔就在原地等著他們，所以兩人一出現，一支長矛立刻紮到了眼前。還好蘇迪眼明手快，一把拉住葉雨宸的手臂，帶著他轉入了一座石像後方。

「星皇要救的人在哪裡？」知道時間緊迫，蘇迪語速極快地問道。

「在我最初到這裡時的位置，不是這裡，我們走。」葉雨宸只朝周圍瞥了瞥，就拉著蘇迪轉身跑了起來。

說起來也是奇怪，這裡到處都是石像，明明就像迷宮一樣，可他就是能一眼分辨出方向，就彷彿冥冥之中有什麼人在指引他一樣。

兩個人飛快地在石像群中穿梭，身後不斷傳來惡魔的怒吼，時不時有長矛從背心射來，但每一次，蘇迪都能準確地拉著葉雨宸避開危機。

「蘇迪，等一下！」經過一座石像的時候，葉雨宸突然停下腳步，他的臉上掠過一絲複雜，但很快就下定了決心。

「你放心去，我會保護你。」蘇迪很自然地轉過身，將後背朝向他，開始警惕惡魔可能的攻擊。

手腕上銀藍色的光芒閃過，能量環變成槍，被他穩穩地托在了手上。

葉雨宸朝他看了一眼，咬了咬牙，用雙手扶住眼前的石像，定了定心後閉上了眼睛。

熟悉的畫面再度印入腦海中，海邊的父子玩得很開心，整個畫面傳遞著溫暖安心的柔情，可葉雨宸知道，就是這種可怕的假像困住了視線的主人，讓她始終無法離開。

因為是深深刻在腦海中的記憶，所以他很清楚畫面中的男孩子是什麼時候回頭看向這邊的，他集中了十二分的精神，緊緊盯著男孩的臉。然後在男孩回過頭，視線和他相交的瞬間，他感覺到自己的身體明顯熱了起來。

彷彿是一陣電流劃過腦部，又彷彿是靈魂被吸入了畫面，葉雨宸只覺得眼前一花，一股暈眩的感覺隨之而來，再緊接著，他的整個視野就完全變了。

原本可以看到的男孩不見了，取而代之的，是已經許久不曾見過的年輕女人。

媽媽……激動的言語幾乎要脫口而出，可他很快就發現，他並無法把聲音發出來。他的意識進來了，卻無法操控這具身體。

男孩只朝母親看了一眼，就重新把視線轉回了父親身上，繼續他們之間的嬉戲。

葉雨宸很著急，他拚命想奪走身體的主動權，可無論他怎麼用力，身體都不聽他的使喚，他可以明顯感覺到四肢的僵硬，那種無法動彈的感覺異常糟糕。

而原本就不斷發熱的身體更是彷彿燃燒一樣灼痛起來，他的呼吸變得急促，整個人有種即將被撕裂的感覺。

「放鬆下來，試著去融合，而不是搶奪主動權。」

就在他幾乎無法堅持的時候，星皇的聲音突然衝進了他的腦海中，那是比他所熟悉的音調更平和冷靜的嗓音，幾乎在瞬間成為了他堅持下去的力量。

葉雨宸努力做了個深呼吸，慢慢冷靜下來，隨著緊繃的神經逐漸放鬆，燃燒般的灼痛感褪去，取而代之的，是彷彿被納入寬闊懷抱的溫暖。

身體被禁錮的感覺驟然消失，葉雨宸猛地回過神，做了個抬手的動作，恰巧抵住了父親朝他抱過來的雙手。

「小宸，你怎麼了？」男人英俊的臉上露出狐疑的表情，葉雨宸這才意識到他占據了身體的主動權，來不及做出激動的表情，他猛地轉身朝海岸邊的女人跑去。

「小宸？」女人也露出了驚嚇的表情，不知所措地看著他，臉上浮起明顯的茫然。

「媽媽！妳快醒醒，這是個不停重複的夢，妳必須醒過來離開。」

「小宸，你在說什麼啊？」年輕的母親莫名其妙地看著他，似乎完全不能明白他在說什麼。

葉雨宸忍不住再度急躁起來，身體重新開始發熱，他知道如果自己不能說服母親，他的意識很快就會被彈出去。

「媽媽，妳相信我，我們很快就會再見面的，很快。」微笑著，葉雨宸說完這句話，忽然俯身從沙灘上撿起一塊偌大的貝殼，用力劃開了自己的額頭。

血一下子湧了出來，劇烈的疼痛和女人的尖叫聲接踵而來，葉雨宸只覺得一股大力從背後襲來，接著眼前一黑，整個人差點倒在地上。

「雨宸！」手臂被人一把拉住，熟悉的聲音在近處響起，葉雨宸喘息著睜開眼睛，看到的是蘇迪布滿擔憂的臉。

「你沒事吧？」蘇迪急切地問道，反手一槍，擊中了一支投擲過來的長矛。

葉雨宸勉強搖了搖頭，注意到納達克已經來到距離他們不遠的地方，而蘇迪身上已經掛了好幾處彩。不久前被他扶住的石像這時從內部發出了一陣銀光，接著，那道光芒越來越強，彷彿爆炸般擴散出來。

葉雨宸忍不住抬手擋住眼睛，光芒消散的剎那，他聽到母親的聲音在耳畔響起：「小宸，我們很快會再見的，對嗎？」

笑意忍不住浮上嘴角，儘管此刻他的額頭痛得彷彿要裂開，他還是按捺不住內心的激動，高高揚起了嘴角。

「我們走。」光芒一消失，蘇迪立刻按住了葉雨宸的肩膀，沉聲說道。

然而，一向對他言聽計從的人用力按住了他的手，用飽含歉意的眼神看著他說：「對不起，蘇迪，剛才那個不是星皇要救的人。」

蘇迪聞言皺起了眉，不解地看著他。

葉雨宸露出個尷尬的笑容，正想說什麼，一股強大的星際能量從他們附近的一塊石像上湧了出來，形成一股颶風，猛地朝兩人撲了過來。

「小心！」葉雨宸正好看到這一幕，不顧自己的危險，一把推開了蘇迪，幸好蘇迪的反應也很快，察覺到他的意圖後反手拉住他的手臂，強行把他拉進了懷裡，兩個人一起堪堪躲過了颶風。

但在他們身後，被颶風擊中的石像就沒有那麼幸運了，當場炸裂，碎成了粉末。

葉雨宸的心臟一陣狂跳，難以想像如果這陣颶風打在自己身上會變成什麼結果。蘇迪的額頭也隱隱冒出冷汗，知道納達克的能力在不斷提高，那麼相對的，他們的能力很有可能正在下降。

而且就像星皇說的，在這個意念空間待的時間越久，他就越不舒服。從重新回到這片石像區開始，他的體力便不斷下降，身體不斷變沉，以至於他不知道自己還能堅持多久。

他沒有要責怪葉雨宸浪費時間的意思，他知道無論雨宸救了誰，都一定有合理的理由，因為那傢伙雖然善良，但還不至於到分不清事情輕重緩急的地步。

思索了一瞬後，蘇迪轉頭看向身側滿頭大汗的人，低聲說道：「雨宸，我們的時間不多了，再這樣下去，我沒辦法保證能送你離開。」

葉雨宸下意識嚥了嚥口水，抬手指了指右前方一個被長矛擦傷的石像，用力點了點頭說：「我知道，星皇要救的人是那個，你幫我吸引一下火力，我去救人，我已經有經驗了，這次會很快的。」

蘇迪沒有應話，用實際行動證明他願意配合，朝著左後方竄了出去。儘管身體沉得像鉛一樣，他也不想在雨宸面前表現出絲毫疲態。

另一股颶風升起，朝著蘇迪追了過去，就連納達克的視線也膠著在蘇迪身上，似乎完全沒有要注意葉雨宸的意思。

葉雨宸把握住這一瞬間的機會，朝著目標石像狂奔過去，矮身蹲下，雙手用力按住了石像。

看過一次的畫面再度浮現，沉船墓場中，沙啞深沉的男低音落寞地說：「這就是幽靈號啊，真是想不到，那傢伙居然會落到這種下場。」

背對著他正在一堆飛船殘骸中翻找著什麼的短髮女孩緩緩回過頭，那一瞬間，葉雨宸周身的星際能量猛地上漲，全神貫注的他，這一次輕易地潛入了意念。

畫面一轉，變成女孩的視角，葉雨宸聽著女孩冰冷的嗓音，終於看到那個被星皇指定要救出去的人。

那是個外表十分狂野的男人，穿著皮質的緊身馬甲和長褲，腰間纏著一條掛著很多小東西的鎖鏈。

一頭淩亂的火紅長髮披散在背後，深刻而立體的五官處處透著野性。他的皮膚黝黑，身材健壯，看起來和星皇還有短髮女孩是截然不同的人，但他額頭的符文印記和尖尖的精靈耳朵，卻似乎又印證了他們出自同一個外星種族。

「我早就知道會有這麼一天，從那個人離開美塞隆星開始。他總是這樣，隨心所欲地活著，完全不為周圍的人考慮。」

女孩說完這句話，重新低頭在殘骸中翻找起來，葉雨宸深吸了口氣，放鬆精神，努力尋找著融合的感覺。

然後他聽到男人嘆了口氣說：「赫倫娜，星皇命中註定是個不平凡的人，妳也知道的。」

「是的，他不但成為了不平凡的人，還得到了不平凡的結局，不是嗎？」

「唔，妳這是氣話，如果妳想哭的話，哥哥的肩膀可以借給妳。」

「我不想哭！」

赫倫娜說著生硬冰冷的話，可葉雨宸卻明顯感覺到眼圈有點發熱，一股濃濃的傷感盤亙在心頭，那是少女的情緒，因星皇而起的悲痛情緒。

葉雨宸深吸了口氣，閉了閉眼睛，再睜開的時候，赫倫娜的視線準確地對準了她的哥哥，健壯的男人正一臉驚訝地看著她，愣了幾秒後才語無倫次地說：「赫倫娜，妳、妳這是怎麼了？妳沒事吧？我是問妳想不想哭，可妳為什麼笑成這樣？」

少女臉上哪裡有半分傷痛，就連一貫的冷漠都不見了，大大咧著嘴角，語氣歡快地說：「星皇還活著，而且活得好好的，力量比以前更強了。」

「妳在胡言亂語什麼？」男人露出震驚和不解的表情，完全不相信的樣子。

赫倫娜往前走了兩步，很大力地一巴掌拍在男人臂膀上，興奮地說：「我沒有胡言亂語，我說的都是真的，星皇還活著，而且他繼承了米希娜無限進化的能力，是他讓我來救你的。」

「救……我？」

「你被困在無盡迴圈的夢裡了，你得醒過來，我來幫你吧。」

赫倫娜臉上依舊是讓人陌生的笑容，說完這句話，她更是直接一個大巴掌搧到了男人的臉上。

隨著「啪」一聲清脆的響聲，男人的臉偏向了一邊，臉上全是震驚的表情，葉雨宸還想再說什麼，卻突然覺得肩膀傳來一股劇痛，他猛地瞪大眼睛，在瞬間被拉出了男人的意識。

茫然地低下頭，才發現一支長矛的矛尖從自己的左鎖骨下透出，竟是貫穿了身後的石像，再刺中了他。那一瞬間，他腦中一片空白，比疼痛更讓他擔憂的，是身後石像裡的人是不是還能出來。

所幸，光芒還是從石像上迸射了出來，不像媽媽離開時在他耳邊留下言語，這一次的光芒筆直往上沖，很快就穿透頭頂的岩壁消失不見了。

「雨宸！」瞬間轉移過來的蘇迪一眼看到葉雨宸胸前的長矛，雙眸倏然睜大，然而，他的狀態也好不到哪裡去，周身都是大大小小的割傷，一看就是被颶風傷到的。

而且，他的呼吸很不順，彷彿吸不到空氣般不斷粗喘著，再看他的臉色，已經變得蒼白無比，額頭更是覆了一層冷汗。

葉雨宸咬著牙，從後背用力拔出長矛，幸好有石像擋了一下，長矛雖然貫穿了他的身體，但沒有傷到要害，傷口面積也不算太大，痛感確實很強烈，但咬一咬牙還能堅持。

他到這一刻才發現周圍的環境起了很大的變化，原本布滿整個天空的岩壁碎裂了很多，還在一塊塊往下掉，周圍的石像也消失了大半，空氣變得很渾濁，有肉眼可查的氣流漂浮在空氣中，倒是納達克不見了。

「發生什麼事了？惡魔呢？還有，你很不舒服嗎？哪裡受重傷了？」

葉雨宸感覺到蘇迪的搖搖欲墜，伸手扶住了他。這是怎麼回事？他不過離開片刻，怎麼蘇迪就變成這樣了？他為什麼看起來比中了長矛的自己傷得還重。

「他被我打傷，暫時離開了，雨宸，這裡要崩塌了，你不覺得透不過氣嗎？」蘇迪喘息著回話，眉心微蹙，似乎對於葉雨宸的適應能力感到很驚訝。

葉雨宸瞪了瞪眼睛，深吸了口氣，搖頭說：「完全沒有，雖然我能看出空氣變化，但好像對我沒有影響。你還好嗎？我們可以離開了。」

蘇迪低頭朝手上的戒指看了一眼，藍寶石的光輝幾乎已經消散，只剩一點點亮度，而越來越稀薄的空氣嚴重影響了他的集中力，他甚至不確定自己是否還能啟動時空手杖。

「雨宸，這個你拿著。」摘下手上的戒指塞進葉雨宸的掌心，蘇迪用手掌包住他握起的拳頭，費力地看著他艱難開口：「準備出發吧。」

說完，他把掌心移到葉雨宸的肩上，正要試著發動時空手杖，葉雨宸卻突然反手壓著他的手臂，大睜著眼睛看著他問：「你會和我一起離開吧？而不是像剛剛說的那樣送我離開。」

蘇迪微微一愣，想不到自己之前說的話他居然聽進去了，苦笑浮上嘴角，男人額頭的冷汗順著臉頰滑落下來，搖了搖頭說：「我會盡力的。」

「最壞的結果是什麼?不要騙我,我要聽實話。」葉雨宸的態度很堅決,他的神情告訴蘇迪,如果你不說實話,那麼我不會離開。

蘇迪知道他現在應該撒點小謊,至少騙雨宸先走,可不知道為什麼,看著那雙清澈堅定的瞳孔,到嘴邊的謊話居然怎麼都說不出口。

「是這裡的環境變化導致你無法發揮能力嗎?可為什麼我就沒事?蘇迪,我要怎麼做才能幫你?你告訴我,我不會一個人離開的,要走我們一起走。」

葉雨宸已經不是對星際能量一無所知的菜鳥了,很多問題他能夠自主思考,就像現在,他已經猜到蘇迪的狀態不對和環境變化有關係,可是他為什麼完全不受影響?是因為他們兩個力量的差距嗎?這個鬼地方對力量越強的人壓迫越大?

蘇迪此時心裡倒是已經清楚葉雨宸為什麼能做到迅速適應環境了,那是因為他體內堪拉培星人的血液在發揮作用,融合的能力真不是蓋的。

可是，這是葉雨宸的特殊能力，要說幫他，恐怕做不到。

蘇迪開始思考如何說服葉雨宸先離開，意念狹縫是個什麼地方他不清楚，但總覺得，既然星皇起頭做了這件事，總會有善後的方法，他去了意念狹縫，總能等到他們來救他。

沒想到，勸服的話還沒想好，葉雨宸突然抬頭看天，一臉震驚地自言自語道：「這樣真的可以嗎？」

說完這句話，他迅速低頭看向蘇迪，臉上浮起掙扎猶豫的表情，蘇迪詫異地看著他，不解地問：「怎麼了？是不是星皇又和你說了什麼？」

蘇迪知道自己的猜測多半是對的，可星皇之前不是讓聲音從天空中傳過來，同時讓他們兩個聽到嗎？為什麼現在卻只和雨宸一個人說？他到底說了什麼？

「蘇、蘇迪，你、你可不要誤會，我這、這樣做只是為了幫你，我們要一起回去。」

這邊蘇迪滿頭問號，那邊葉雨宸已經下定了決心，只見他突然漲紅了臉，結結巴巴地說完這句話後，表情毅然地兩手捧住蘇迪的臉，湊過去吻住了他的嘴唇。

蘇迪只覺得像被人當頭打了一悶棍，倏然瞪大了眼睛，接著就感覺到葉雨宸撬開了他的唇，開始朝他嘴裡吐氣。

這其實是一眨眼間的事，葉雨宸很快就抬起了頭，然後深吸了一口氣，又再度吻了上來。他就這樣重複了三次同樣的動作，而整個過程中，蘇迪整個人都處於呆滯狀態，完全無法回神。

「你感覺怎麼樣？好一點嗎？我還是第一次做人工呼吸，也不知道做得對不對。」

完成動作後，葉雨宸似乎鬆了口氣，接著放開了捧著蘇迪臉頰的雙手，抓了抓腦袋哈哈乾笑起來。但即便如此，他的耳根已經通紅，彷彿要滴下血來。

蘇迪在聽到「人工呼吸」這四個字時一愣，但很快就低頭勾起了嘴角，笑容在他臉上一閃而過，他的呼吸恢復了順暢，抬手按住葉雨宸的腦袋說：「你做得很棒，不去當急救人員實在太可惜了。」

幾近窒息的感覺消失了，胸腔裡湧起了一股熟悉又溫暖的能量，那是葉雨宸傳遞給他的能量。

手腕上的能量環瞬間發動，銀藍色的光向整個空間輻射出去，崩塌的世界在頃刻間停止了運作，掉落的石塊漂浮在半空中，而互相扶持的兩個人，很快便原地消失了。

ALIEN INVASION ALERT! 外星警部入侵注意

>>>CHAPTER.8

意識似乎消失了片刻，但很快又恢復過來，葉雨宸一下子睜開眼睛，激動地想坐起身，然而，身體沉重得彷彿被灌了鉛，居然完全無法控制。

「雨宸哥，你醒了！感覺怎麼樣？」佩里的聲音在近處響起，葉雨宸轉動眼珠，看到少年臉上滿是激動，還伸手過來扶他。

靠著佩里的力量坐起身，葉雨宸才覺得整個身體像被掏空一樣疲憊。他休息了一段時間才重新控制了自己的身體，視線向四周一掃，才發現他正在一間居住艙裡。

「我怎麼在這裡？蘇迪呢？」混沌的意識恢復後，想起不久前的事，葉雨宸立刻緊張地發問。雖然當時看蘇迪的神情應該是沒事了，但醒過來沒看到人，他多少還是有點不放心。

佩里笑了笑，朝他豎起大拇指，誇讚他道：「雨宸哥你實在太厲害了，洛倫佐前輩說了，這次任務能順利完成都是多虧了你呢。放心吧，前輩他比你早醒，已經沒事了。」

「是嗎？那就好。」想起在意念世界的危機，葉雨宸還是心有餘悸，拍了拍心口，只覺得懸在那裡的大石頭總算落了地。

過了片刻，他注意到舷窗外已經徹底安靜了下來，聽不到炮火聲，塔倫號也不再有震動感，宇宙一片平靜，不再有戰爭的跡象。

葉雨宸心頭一陣激動，抓著佩里的手問：「是不是星皇也成功了？死亡軍團被趕走了？我們和地球都安全了嗎？」

「嗯！」佩里臉上的激動一點都不比他少，連連點頭說：「我們的計畫很成功，星皇打開了連接銀河外星系的黑洞，死亡軍團一出白洞就被吸走了。不僅如此，黑洞比較晚出現，持續時間更久，就連白洞都被它吸收了。雖然消滅死亡軍團的先鋒部隊又花了一點時間，不過總算度過了危機。」

葉雨宸一聽事情進行得這麼順利，高興地握了握拳，心情一激動，就連身體的疲憊感都消失了很多。他動了動雙腿，慢慢把自己從床上挪了下來。

下來後才意識到掌心裡有東西，低頭一看，居然是蘇迪在意念空間裡交給他的戒指，沒想到這種東西居然能在意念空間和現實世界裡自由交換，葉雨宸覺得很新奇。

一想到自由交換，他立刻想起了他在意念世界裡救的人，不知道媽媽和那個男人現在怎麼樣了？這件事恐怕還得問星皇吧，那傢伙可以傾聽整個銀河系，他一定知道他們的情況！

想到這裡，葉雨宸又問佩里：「對了，星皇呢？他已經走了嗎？我還有事想問他。」

協助宇宙警部完成了這麼重要的任務，裘德中將又同意抹消幽靈旅團的犯罪記錄，那星皇也就不必再四處逃避追捕了。創造了那樣的黑洞，即便有薩魯幫忙，星皇應該也會很疲憊吧，他會不會還在塔倫號上休息呢？

等待佩里回話的時間裡，葉雨宸已經想了很多問題，可出乎他意料的是，少年竟然遲遲沒有回答。他覺得奇怪，轉頭朝佩里看了過去，這才發現他的神情尷尬，欲言又止。

「怎麼了？」心頭泛起疑雲，葉雨宸再次問道。

「雨宸哥，」佩里張了張口，喚了他一聲卻又停下話頭，支支吾吾了半晌，才嘆了口氣說：「你聽了不要激動，星皇他……他被關起來了。」

這句話非同小可，葉雨宸的心臟漏跳一拍，瞪圓了眼睛大聲問：

「你說什麼？」

早料到他會是這種反應，少年為難地皺了皺眉，低聲說：「我知道你會覺得不舒服，可星皇他畢竟是S級通緝犯，包括幽靈旅團的其他人都是。裘德中將……即使是裘德中將也不能做主放了他，總部已經傳來命令，監禁星皇，押回尤塔星聽候軍事法庭發落。」

外星警部入侵注意

葉雨宸的心隨著佩里的話一點點沉下去，最後整個人如墜冰窖，目瞪口呆地看著佩里，幾乎不敢相信自己的耳朵。

裘德中將居然出爾反爾？宇宙警部這麼大的官方組織，居然做得出這麼無恥的事情？如果不是星皇，他們和地球現在可能已經被死亡軍團毀滅了，他們怎麼能這樣對待星皇這個拯救了塔倫號和地球的大功臣？

葉雨宸只覺得渾身的血液都變得冰冷，那種寒心的感覺簡直讓他頭皮發麻。

片刻後，他的聲音才乾巴巴地響起：「那另外兩個跟著星皇一起過來的人呢？他們也被關起來了嗎？」

佩里迅速搖頭，抽了抽嘴角說：「沒有，他們很機敏，一看事情不對勁，立刻就瞬間轉移離開了。甚至連幽靈號也沒有停留，在我們形成包圍網前就逃走了。」

「你是說幽靈旅團的團員都逃走了，只有星皇一個人留在這裡被抓？」葉雨宸滿臉驚訝，原本冰冷的四肢卻因為佩里的話回暖了些。

星皇是個不打無準備之仗的人，他也不會對宇宙警部毫無防備，而以洛華對星皇忠心的程度來說，如果他的瞬間轉移能力還能發動，那麼他絕對會選擇帶走星皇，而不是娜塔西亞。所以，星皇會被抓，是因為他願意被抓吧？他一定有他的理由和應對方法。

想到這裡，葉雨宸稍微冷靜了一些，但他表面上並沒有表現出來，仍然維持著驚訝和著急的表情。

佩里的表情倒是越來越掙扎，顯然內心也充斥著良心的譴責，他咕噥著回答：「嗯，他為了創造黑洞耗盡了力量，一時半會動不了，這才被抓的……」

很顯然，天才少年也覺得這件事宇宙警部方面實在做得太過分了，不但出爾反爾破壞約定，還趁對方最虛弱的時候下手，這樣的行徑，簡直和卑鄙小人沒有區別。

「無恥！」無法忍耐，葉雨宸脫口而出罵了起來，佩里縮了縮脖子，不敢接話。

「星皇現在在哪裡？我要去看他。」站起身，他神情冰冷地說完，抬腳就朝艙門走去。

佩里一把拉住他的手臂，著急地說：「雨宸哥，你先冷靜一點！率先發難的人是蘭瑟上校，她說了，她要星皇得到應有的懲罰。也是她利用之前的意念交流控制了星皇，導致萊恩無法把他帶走。」

葉雨宸的瞳孔因為這句話劇烈收縮了一下。居然是蘭瑟上校嗎？整艘塔倫號上，最有資格向星皇索命的人就是她了，原來她之前的平靜都是偽裝？

她從來沒有遺忘自己的兒子是死於星皇之手，她從一開始就計畫要在星皇協助擊退死亡軍團後力量最虛弱的時候困住他嗎？

想起蘭瑟上校淡漠無波的神情和冰冷的雙眼，葉雨宸忍不住打了個寒顫。

腦子裡很亂，他不是不能理解蘭瑟上校的喪子之痛，可對星皇，他也沒辦法眼睜睜看著對方被送上軍事法庭。

「蘇迪呢？他也同意裘德中將的做法嗎？」沉默了片刻後，葉雨宸再度開口，但問話的語氣卻一點底氣都沒有。蘇迪對星皇的態度有多厭惡他不是不知道，何況牽扯到的是斯科皮斯星的舊賬，恐怕他也很想看到星皇上軍事法庭吧。

還有薩魯就更別提了，本來就恨不得把星皇五馬分屍，現在有現成的機會，他說不定正親自守著星皇防止變故呢！

聽到這個問題的佩里繼續一臉尷尬，從他的沉默裡，葉雨宸知道他已經沒必要再問下去了。又過了片刻，他的神情平靜了下來，再也看不出一丁點憤怒或者著急的樣子，淡淡地說：「先帶我去看看他吧，我不會衝動亂來的。」

佩里盯著他，心裡也清楚就算不答應帶他去，他也不會善罷甘休，到時候讓他自己跑出去亂找，還不如有人跟在身邊好一些。

思及此，少年鄭重地點了點頭，率先走向了艙門。

沒想到的是，兩人剛走出艙門，兩支金屬長槍就呈X狀交叉擋在兩人面前，執槍的警衛面無表情地開口：「裘德中將有令，在到達尤塔星前，所有人不得離開艙房。」

葉雨宸一見這陣仗，立刻火冒三丈，腳往前邁了一步就想說什麼，佩里卻在旁邊一把拉住他的手臂，阻止了他衝動的挑釁。佩里冷靜地開口：「所有人不得離開艙房，那前提總得是要在自己的居住艙吧？這間居住艙被分配給他了，可我並不住在這裡。」

「抱歉，佩里少校，不管這間居住艙被分配給誰，你們兩個都不能離開。」警衛的態度異常堅決，說完這句話，他們甚至做出了迎戰的姿態。

葉雨宸瞪圓了眼睛，只覺得自己快氣炸了。可蘇迪不在，他和佩里的戰鬥能力實在有點欠缺，就算他會點功夫，但眼前除了兩個持槍警衛外，還有一隊人馬就站在不遠處，而且已經在朝他們這邊看過來了。

佩里的眼珠轉了轉，舉起雙手做出投降的姿勢，同時揚起笑臉問：「好好好，我們不離開，那我們可不可以要求面見洛倫佐中校？或者安卡上校也行。」

「抱歉，在到達尤塔星前，任何面見請求都無法被准許。」

警衛的話說得毫無轉圜餘地，從某種意義上來說，佩里和葉雨宸是被軟禁了。很顯然，裘德中將也清楚，如果讓這兩個人到處亂跑，他們很可能無法順利把星皇押送到目的地。

「如果我硬闖呢？你們打算殺了我嗎！」實在忍不下去的葉雨宸憤怒地開了口，並且做出要邁步的動作。

「嗞啦」一聲，警衛的長槍頂端凝聚起一小簇閃電團，同時，面無表情的男人盯視著他說：「葉少尉，這把槍裡的電流足夠讓你昏迷一個月，我想你應該不想嘗試。」

「混蛋，你倒試……」

葉雨宸火大地怒吼起來，話沒說完，就被佩里跳起來一把勾住脖子拉下腦袋，然後捂著他的嘴朝警衛賠笑道：「他開玩笑的，我們這就回艙房裡去，再也不出來了。」

說完這句話，佩里強行拉著葉雨宸退回艙房內，等艙門滑上後，直接把門鎖上了。

「佩里！你幹什麼！」嘴巴一解禁，葉雨宸立刻惱火地質問起身邊的少年。

佩里豎起食指在嘴邊做了個噤聲的動作，拉著他的手把他拖到艙房中央，瞪了他一眼後壓低嗓音說：「我才想問你想幹嘛呢！你以為警衛在開玩笑嗎？那個電流真的能讓你昏迷一個月好嗎？如果是這樣的話，等你醒過來，可能星皇都沒命了！」

「那現在怎麼辦？看這個架勢，他們是非要星皇的命不可了，可惡，這些人怎麼能這麼卑鄙！」

「你先別急，讓我看看情況。」佩里冷靜地說完，打開手腕上的能量環，調出好幾個畫面仔細研究。「塔倫號的防禦系統沒有關閉，不僅如此，內部磁場也全面打開了，也就是說，現在這艘船上，任何超能力都被禁止使用了。」

「這樣不是更麻煩了嗎？連瞬間轉移都沒辦法用了。」葉雨宸皺緊了眉，一臉焦慮。本來他覺得洛華他們一定不會任由星皇被帶去尤塔星，也許半路會來劫囚，可現在整艘塔倫號都禁用星際能量，那連會瞬間轉移的洛華也進不來了，還談什麼救人？

佩里卻突然勾起了嘴角，抬眼把整個居住艙看了一圈後，語氣有些興奮地說：「不，也許這樣更好呢。大家都太依賴星際能量了，以至於一旦無法使用能力，機動性就大大下降了呢。」

「什麼意思？」完全不明白他在說什麼的葉雨宸頂著一腦袋問號，狐疑地問道。

佩里笑而不語，摘下能量環，在上面按了按，銀色的圓環立即變形，轉化成一把螺絲起子。

葉雨宸納悶地眨了眨眼，實在無法理解這把螺絲起子在這種時機出現的意義。

少年一抬手，指著兩人頭頂，笑呵呵地問：「雨宸哥，你能把我舉上去嗎？」

葉雨宸抬起頭，只見在他們正上方的天花板上，赫然有一個通風口，而通風口的蓋板上，嵌著四顆螺絲釘。

瞬間反應過來佩里要幹什麼，葉雨宸噗嗤笑了出來，舉起大拇指說：「佩里，你果然是天才！」

ALIEN INVASION ALERT!
外星警部入侵注意
>>>CHAPTER.9

外星警部入侵注意

塔倫號的通風管道遍布了整艘船，雖然對葉雨宸來說，這種爬通風口的橋段在科幻小說和電影裡已經是常用手段了，但聽佩里說，有超能力的外星人們，還真的沒怎麼用過這種手法，就連他都是第一次爬。

四方形的通風管道對佩里這樣的少年來說還算寬敞，但對葉雨宸這個身高超過一八〇的成年人來說可就顯得有些狹窄了。他很努力地縮著身體，盡量不發出任何聲音，一點點跟著佩里往前爬。

四通八達的管道當然有很多岔路，但佩里沒有一絲猶豫，一下往左一下往右，似乎完全不需要思考。他們有好幾次經過走道，看到警衛隊不斷在巡邏，整艘塔倫號上靜悄悄的，除了警衛外沒有任何人在外面走動。

在通過一段往斜上方爬的管道後，佩里停了下來，跟在他後面的葉雨宸差點撞上他的屁股，壓著聲音問：「到了嗎？」

佩里又往前爬了一小段路，然後慢慢轉過身，指了指兩人中間的一個通風口。

葉雨宸立刻反應過來，湊過腦袋往下一看，果然看到星皇一個人盤腿坐在地上，身上綁著細細的鎖鏈，而他所在的艙房，居然還是增幅室！

星雲碎片依舊閃著明亮的光芒，在星皇俊美的面容上留下幾道影影綽綽的光影，雖然鎖鏈加身，但男人閉著雙目，神態卻是安詳的。

增幅室裡沒有別人，佩里朝葉雨宸打了個手勢，讓他退後一點，能量環上光芒一閃，變成了一把雷射刀。

佩里用這把刀在管道上劃了一個大圓，然後輕輕一敲，被燒斷的金屬板直接掉了下去，正好砸在星皇對面那塊薩魯曾經坐過的墊子上，而始終閉目養神的男人也在這一刻緩緩睜開了眼睛。

佩里率先跳了下去，俐落地一個後空翻，穩穩落在了地上，老實說，這個舉動大大出乎了葉雨宸的意料，畢竟在他們出發的時候，佩里是要靠他托舉才能搆到天花板的。

雖然心中狐疑，但葉雨宸也沒有耽擱，縱身跳了下去。

腳尖觸地的瞬間傳來一陣抽痛，葉雨宸齜了齜牙，抬頭看到星皇正一瞬不眨地看著他，俊美的面容上沒有絲毫怒意，反而帶著一絲淡淡的淺笑。

不知道怎麼的，看到這樣的星皇，葉雨宸的情緒一下子激動起來，他在星皇面前單膝跪下，摸了摸捆住星皇的鎖鏈，眼神中閃過深切的憤怒和哀痛。

「對不起，是我害了你，如果不是我出的餿主意，你根本不會出現在塔倫號上。」

葉雨宸低聲道著歉，聲音微微有點顫抖，他現在真的很後悔，早知道事情會發展成這樣，他寧願和地球一起毀滅，至少那樣不用遭受良心的譴責。

星皇嘴角的笑容因為這句話加深了些，他放在膝蓋上的手翻動了一下，變成掌心朝上的姿勢，淡淡地問：「雨宸，那枚戒指你帶在身上吧？」

完全沒想到他會在這個節骨眼上還提起戒指，葉雨宸愣了愣，茫然地說：「帶著。」

「把它放在我的手上。」

「啊，好的。抱歉，戒指裡的能量好像已經在意念空間裡用完了。」有些不知所措地，葉雨宸從口袋裡掏出了那枚完全黯淡，再沒有一絲一毫光芒的戒指，放在了星皇攤開的手掌上。

星皇低頭看了一眼戒指，嘴角的弧度似乎又擴大了幾分，他慢慢握起拳，把戒指緊緊握在了掌心裡。

他的反應讓葉雨宸覺得很奇怪，明明已經成為階下囚，馬上要面臨軍事法庭，可為什麼這個男人似乎毫不在乎？甚至連一丁點緊張或者擔心的情緒都沒有？

是真的一切都在他掌握中，他有辦法應對一切嗎？還是說他早就不在乎生死，也不怕面對宇宙警部的審判？

星皇在這時重新抬頭看向他，語氣狡黠地說：「雨宸，我想再問你最後一遍，要不要加入幽靈旅團？」

葉雨宸只覺得一滴冷汗從額頭滑落下來，他皺緊了眉，無語地說：「都什麼時候了，你怎麼還有心情考慮這種問題？你這種前科累累的S級通緝犯上了軍事法庭通常是什麼後果，你應該比我清楚吧？」

「嗯，我很清楚。」

「那你為什麼還這麼悠哉！」

「你不是來救我了嗎？」

「我是來救你，可……咦咦咦？等等，我是很想救你，可我做不到啊！」葉雨宸睜大眼睛，詫異地看著星皇，末尾的語氣帶著一絲羞愧。

星皇臉上的笑容不變，直視著他的眼睛問：「你有沒有想過，如果救了我，上軍事法庭的人就該是你了。」

一句話讓葉雨宸深深皺起了眉，他搖了搖頭說：「我沒有想那麼多，我只知道宇宙警部這次太過分了。就算你有天大的錯，你救了塔倫號和地球是事實，這樣難道還不足以功過相抵嗎？」

「所以，這麼過分的組織，你還要繼續留戀嗎？不如跟我走。」

星皇繞了個圈子，居然又把話題帶回了讓葉雨宸倍感驚訝的主題上，以致大明星呆呆地看著他，就好像是見鬼了。

身後忽然傳來「噗嗤」一聲低笑，緊接著，佩里的聲音響了起來：「團長，你還是別逗他了，再過不久這邊就要露餡了，我們還是快點走吧。雖然我關掉了警報系統，但通訊系統還在運作，要傳遞消息也很快呢。」

一聲團長，驚得葉雨宸跳了起來，他猛地回過頭，震驚地看著銀髮少年，指著他的鼻子問：「佩里！你居然叫他團長？你是幽靈旅團的人？天哪，你是臥底？」

「哈哈哈哈，」銀髮少年捧著肚子笑了起來，似乎完全不在乎被外面的警衛聽到，「萊恩果然沒說錯，這個人好有趣，只可惜，團長的魅力壓不過神槍洛倫佐呢。」

戲謔的嗓音，調侃的話，這和葉雨宸印象裡的佩里不太一樣，他呆呆地看著少年，好半天回不過神來。

但他回不過神，外面的守衛卻被笑聲驚動了，增幅室的艙門開始朝一側滑開，那一瞬間，葉雨宸看到星皇身上的鎖鏈自動斷開掉在地上，而星皇的手突地按住了他和佩里的肩膀。

瞬間轉移的扭曲感傳來，眼前的景物一晃，葉雨宸腳下一個踉蹌，站穩後才發現他們居然回到了之前的居住艙。

星皇朝他們之前放在地上的蓋板和螺絲釘看了一眼，蓋板立刻飛上天花板，螺絲釘也跟著飛過去，自動回歸了原位，如此一來，這個居住艙就好像什麼都沒發生過一樣。

葉雨宸目瞪口呆地看著這一切，臉上全是不可置信，瞬間轉移、念動力，這是星皇原本都沒有的力量，可現在，他居然連這兩種最強的能力都具備了？這樣一來，他不是無所不能了嗎？

「沒有你想的那麼厲害。」星皇在這時看著他開了口，重新攤開了掌心，只見原本已經黯淡到沒有一絲光芒的星雲碎片重新發出了耀眼的光芒。

「這是修羅，銀河系最極品的星雲碎片，能夠開發出各種能力，但開發的能力越多，力量就越薄弱。所以我拿到它後，只開發了兩種能力。第一，可以讓我短暫地獲得曾經依附在上面的力量，無視任何阻力。第二，只要回到我手裡，它被消耗的力量就會重聚。」

星皇作出了解釋，葉雨宸出神了片刻，喃喃開口：「原來如此，蘇迪曾經戴著它使用瞬間轉移，所以你現在也可以使用，而且不受塔倫號防禦系統的限制。蘭瑟上校曾經用它找你，她的力量也依附在裡面，你是通過它才能在意念世界和我們對話的？」

「不錯，這確實是意外的收穫，原本以我的力量，要在意念空間引導你是要耗盡全力的，那樣一來，可能我就真的逃不掉了，但蘭瑟上校幫我減輕了這部分的負擔。」

「可是念動力又是怎麼回事呢？修羅沒有吸收過薩魯的力量吧？」

「又不是只有薩魯才會念動力，我的團員裡面也有念動力能力者啊。」

星皇說完這句話，忍不住微笑了起來。葉雨宸滿頭冷汗，到現在才意識到這個男人早就做好了一切準備，之所以單獨留下來被抓，完全是為了從自己這裡拿回修羅。

星皇給了他幾秒鐘去消化剛剛得知的事實，而一旁的佩里按著耳朵，似乎在傾聽什麼，很快，銀髮少年轉眼看過來，語速很快地說：「團長，他們朝這裡來了。」

「雨宸，」星皇朝佩里點了點頭，繼續對葉雨宸說：「你母親已經在索科星恢復意識了，你們一家很快就會團聚，到時候，替我向你父親問好。當年我們降落到地球，如果不是他幫忙的話，可能我已經不在這個世界上了。」

葉雨宸張了張嘴，卻一句話都說不出來，雖然上次見面星皇就提過父親曾經幫過他，可他完全沒想到，自己那個看起來非常不靠譜的父親，居然做了這麼偉大的事。

心裡不由自主地升起一股自豪，葉雨宸咧開嘴角，用力點了點頭。

「那麼，我們先走了，希望未來還有再見的一天。」星皇說著，朝葉雨宸伸出了手，而大明星沒有一刻猶豫地握了上去。

掌心相對，星皇比普通人略低的體溫傳過來，卻不知怎麼地讓葉雨宸覺得很溫暖。如果可能的話，真的有點想跟這個人走，可是，想到蘇迪，這個念頭又飛快地打消了。

經歷過意念空間的生死之劫後，他已經很明確地認定了，蘇迪是他的搭檔，是和他生死與共的知己。星皇雖然很好，但這種好，只適合去膜拜，而不是追隨。

一直緊盯著他的眼睛觀察他的神情的男人，在這時微微笑了笑，鬆開了和他交握的手。

佩里走到星皇身側，扮了個鬼臉笑嘻嘻地說：「對了，真正的佩里被我綁起來關在某個安全的地方，人沒事，你不用擔心。」

說完這句話，星皇搭上他的肩，兩個人瞬間原地消失了。

ALIEN INVASION ALERT! 外星警部入侵注意

>>>EPILOGUE

居住艙外這時傳來雜亂的腳步聲，緊接著，有人試圖打開艙門，但因為之前佩里上了鎖，所以一下子打不開。

葉雨宸聽著外面嘈雜的人聲，深吸了口氣，咧嘴笑了笑，做了個帥氣的擼頭髮動作，接著，又一秒變臉，裝出一副怒氣衝衝的樣子，走過去打開了艙門。

「幹什麼！不是你們要我們待在艙房裡的嗎！現在又來敲門幹什麼！」艙門一開，大明星立刻一句河東獅吼，吼得外面的警衛全都一愣。

跟在警衛後面的有一大群人，葉雨宸的視線掃過去，好吧，高官們都在呢，薩魯、安卡和蘇迪也在。

顯然，這群人看到葉雨宸也有點驚訝，面面相覷後，薩魯率先惱火地開口：「佩里呢？怎麼只有你一個人在艙房裡？」

「他說肚子不舒服，在廁所裡呢，發生什麼事了？」葉雨宸先是一愣，接著收起憤怒，一臉茫然地反問。一名警衛走過來推開他，一群人立刻魚貫踏進他的艙房，瞬間把本來還算寬敞的居住艙擠得水洩不通。

警衛走到廁所打開門，只見裡面空蕩蕩的，哪裡有半個人影？

「咦？我明明親眼看到他走進去的，怎麼會不見了？」葉雨宸驚呼起來，還跑到廁所裡左右看了看，一臉不可置信的樣子。

裘德中將的能量環在這時響了起來，他抬起手腕在上頭點了一下，裡面立刻傳來緊張焦慮的男聲：「中將，我們在三樓生活區的雜物間發現了一名昏迷的少年，經過對比，確認是地球指揮部的佩里少校。」

「什麼？佩里？雜物間？他怎麼跑到那裡去的？還昏迷了？」葉雨宸從廁所裡跑了出來，一臉擔憂地連問了好幾個問題。

裘德中將深深地看了他一眼，和身邊的蘭瑟上校對視一眼，嘆息著說：「看來，跟著星皇來到塔倫號的人不止他身後的兩位，我們的注意力都被他們三個吸引了，以至於沒有防備其他人。」

「地球上有一句成語，叫聲東擊西，星皇不愧是在地球上生活過。」

不像其他人那樣緊繃著臉，安卡倒是微笑著這麼說道。

「你有沒有參與這件事？」陰沉著臉，薩魯走到葉雨宸面前，緊盯著他的眼睛問。

葉雨宸一臉莫名其妙，神色間還有點憤怒，不服地大聲說：「你好歹告訴我是什麼事，我才能回答你有沒有參與吧？」

「你……」

「薩魯。」安卡出聲打斷了薩魯的話，拍著他的肩膀說：「雨宸可是即將要接受金星獎章的人，你不要這樣。」

「可是！」

「沒有可是，有人假冒佩里，救走了星皇，事情就是這樣。」安卡的聲音很柔和，但語氣卻不容置疑，薩魯轉頭看向她，片刻後才握緊了拳，轉身就往外走。

裘德中將看著他的背影，皺眉搖了搖頭，對葉雨宸說了句「葉少尉，從意念空間回來辛苦了，好好休息吧」後，轉身帶著一群人走了出去。

所有人都跟著走了出去，只有蘇迪留了下來，葉雨宸走到他身邊，伸長脖子朝外面的人群看了看，故意揚聲問：「蘇迪，薩魯剛才說的是真的嗎？星皇被人救走了？他……」

話沒問完，額頭上傳來一陣痛疼，原來是蘇迪拇指扣著食指，毫不客氣地重重彈在了他的腦門上。

「好痛，你幹什麼！」捂著腦袋，葉雨宸不滿地瞪了蘇迪一眼，壓低聲音問。

「戲演夠了嗎？」蘇迪冷冷看著他，走過去把自動關上的門鎖好，回到床邊坐下，拍了拍身邊的空位說：「過來坐。」

葉雨宸扁了扁嘴，走過去卻不在他身邊坐下，而是坐到了床邊放著的一把椅子上，然後低頭看著地毯，聲音悶悶地問：「怎麼，你要審問我嗎？以洛倫佐中校的身份？」

「在你面前，我永遠都只是蘇迪。」沉穩的回話，讓葉雨宸一下子抬起了頭，他愣愣看著蘇迪，似乎是看不懂他臉上的冷漠。

「星皇是不是你放走的？」冷著臉的男人直視著他的眼睛，淡淡地問道。

四目相對，葉雨宸警惕地看著他，突然站起身走到他面前，用兩隻手用力扯了扯他的臉頰。

「你幹什麼？」蘇迪顯然沒料到他會這麼做，第一時間沒有反應過來，等臉頰上傳來劇痛時，再想阻止已經來不及了。

葉雨宸這次用了很大的力氣，以至於他鬆手的時候，蘇迪的兩邊臉頰都紅透了，樣子看起來相當狼狽。

葉雨宸兩手抱胸，居高臨下地看著他，冷哼著問：「我怎麼知道你是不是別人假扮的？佩里不是就被人假扮了嗎？」

「你以為靠這種幼稚的手法就能辨別出偽裝能力者？你的腦袋是在意念空間裡秀逗了嗎？」蘇迪一挑眉，諷刺地反問，語氣十足十就是葉雨宸熟悉的樣子。

但很顯然，大明星還不服氣，換了個兩手插腰的姿勢，昂著下巴說：「我不管，你說一件只有我們兩個人知道的事，不然我是不會相信你的。」

床上的男人陷入了沉默，盯著眼前的人看了片刻，沒好氣地回答：「人工呼吸算不算？」

「噗——」葉雨宸很慶幸自己沒有喝水，不然恐怕會全噴在眼前這個男人的臉上。不自覺地，他的臉頰有點發熱，葉雨辰哈哈乾笑了幾聲，重新在椅子上坐下，看著對方的眼睛問：「蘇迪，你真的贊同裘德中將他們的做法嗎？你也想送星皇上軍事法庭？」

聽到這個問題，蘇迪嘆口氣，無奈地說：「誰告訴你我也贊同的？」

「就是那個假佩……」葉雨宸順口就回答了，可話沒說完，他就突然想起來，當時他問假佩里蘇迪是不是也同意的時候，對方並沒有給他肯定的答覆，而是保持了沉默。

「我並不贊同他們的做法，」不等葉雨宸改口，蘇迪已經再度開口：「不管怎麼說，星皇幫了我們兩次。而且就算沒有他，斯科皮斯星也會被死亡軍團毀滅。但如果沒有他，塔倫號和地球都將不保。」

「所以，你幫他說話了？」葉雨宸的眼睛亮了起來，心頭冒出了興奮的情緒。他覺得很高興，蘇迪的選擇沒有讓他失望，或者應該說，他沒有看錯這個人。

雖然在星皇面前，他毫不猶豫地選擇了蘇迪，但如果蘇迪是支持裘德中將他們的，那他恐怕會鬱悶很久。在他的心目中，蘇迪代表的是正義，而就這件事來說，星皇才是正義的那方。

蘇迪點了點頭，繼續說：「但我一個人的話並沒有什麼用，而且很多事牽扯到你，我也不方便說太多。」

聽到他在這種時候還想著要護著自己，葉雨宸的心頭泛暖，起身走到床邊他剛才指定的位置坐下，湊到他耳邊說：「雖然我覺得他不算是我放走的，但多少我也出了一點力吧。他已經沒事了，你放心吧。」

這句話讓蘇迪先是一愣，隨後無奈地笑了起來，感慨地說：「當年我從他手裡救回薩魯的時候，就想著總有一天自己一定要超越他。可沒想到，這麼多年過去了，他還是在遙不可及的地方。」

經過這件事，蘇迪心裡也已經清楚，當年果然是星皇故意放走了他們，而不是他多有本事，能單槍匹馬把薩魯救回來。

葉雨宸聽到他的話，神情卻突然激動起來，興致勃勃地說：「啊，其實也沒有那麼遙不可及啦，他不是很希望我們能加入旅團嗎？如果蘇迪你願意的話，我們可以一起過……」

「咚」一聲，一個爆栗敲到了葉雨宸的頭上，蘇迪冷冷地看著他說：「這件事你想都別想。」

「為什麼！宇宙警部這麼卑鄙，你幹嘛一定要為他們賣命嘛！」

「即便在星皇這件事上處理不周，他們仍然是保衛銀河系的核心力量。我不是為宇宙警部賣命，而是希望能盡自己的力量去保護需要保護的人，你明白嗎？」

在葉雨宸的印象裡，蘇迪從來沒有這麼認真地向他剖析過內心，所以驟然聽到，他一時間愣住了。

蘇迪抬手揉了揉他的腦袋，一臉感慨。「你該慶幸這艘船上沒有心靈感應能力者，不然剛才他們直接對你進行感應的話，你就什麼祕密都保不住了。」

「啊？那等到了尤塔星他們會不會再來感應啊？」完全沒想到還有這種手段的葉雨宸，臉上總算浮現一絲緊張。

蘇迪的嘴角微微勾了起來，揚起眉梢說：「不會了，再怎麼說你也是保住地球和塔倫號的大功臣，索倫上將已經說了要授予你金星獎章，所以，在沒有證據的情況下，他們不能對你亂來。」

「是嗎？那就好，嘿嘿。」放下心來，葉雨宸重新露出笑容，往後一躺倒在床上，整個人都放鬆下來了。

蘇迪見狀，也跟著躺下。老實說他也累得夠嗆，從意念空間回來後就為星皇抗爭到現在，如今得知那個人沒事了，睏意立刻湧了上來。

睡意朦朧的時候，聽到葉雨宸打著哈欠問：「蘇迪……我們還有多久能到尤塔星？」

「兩天。」

「太好了，我好睏……想睡一下。」

「嗯，一起吧。」

安靜的居住艙裡，頭頂的感應燈在無聲環境下很快就熄滅了。星星點點的幽光從舷窗外投射進來，床上並排躺著的兩個人陷入了沉睡，他們的表情是那麼安詳，嘴角甚至還帶著一絲笑意。

這是只有在最親密最信任的人身邊沉睡，才能露出的表情。

——《外星警部入侵注意04》完

——《外星警部入侵注意》全系列完

高寶書版集團
gobooks.com.tw

輕世代 FW302

外星警部入侵注意04

作　　者　冰島小狐仙
繪　　者　高橋麵包
編　　輯　林雨欣
校　　對　林雨欣
美術編輯　林鈞儀
排　　版　彭立瑋
企　　劃　方慧娟

發 行 人　朱凱蕾
出　　版　英屬維京群島商高寶國際有限公司臺灣分公司
Global Group Holdings, Ltd.
地　　址　臺北市內湖區洲子街88號3樓
網　　址　www.gobooks.com.tw
電　　話　(02) 27992788
電　　郵　readers@gobooks.com.tw（讀者服務部）
pr@gobooks.com.tw（公關諮詢部）
傳　　真　出版部　(02) 27990909　行銷部 (02) 27993088
郵政劃撥　50404557
戶　　名　三日月書版股份有限公司
發　　行　三日月書版股份有限公司/Printed in Taiwan
初版日期　2019年4月
二刷日期　2019年4月

國家圖書館出版品預行編目(CIP)資料

外星警部入侵注意 / 冰島小狐仙著.-- 初版. --
臺北市 : 高寶國際, 2019.04-
冊；　公分. --

ISBN 978-986-361-661-0(第4冊 : 平裝)

857.7　　108002767

三日月書版

三日月書版

GOBOOKS
& SITAK
GROUP©

GOBOOKS
& SITAK
GROUP©